DU MÊME AUTEUR

Aux Éditions Gallimard

BRISER EN NOUS LA MER GELÉE, 2020 (Folio n° 6912).

Aux Éditions Fayard

BESOIN D'AFRIQUE, en collaboration avec Éric Fottorino et Christophe Guillemin, 1992.

HISTOIRE DU MONDE EN NEUF GUITARES, accompagné de Thierry Arnoult, 1996.

DEUX ÉTÉS, 1997.

LONGTEMPS, 1998.

DISCOURS DE RÉCEPTION À L'ACADÉMIE FRANÇAISE, et réponse de Bertrand Poirot-Delpech, 1999.

PORTRAIT D'UN HOMME HEUREUX, 2000 (Folio n° 3656).

ALBUM LE NÔTRE, 2001.

MADAME BÂ, 2003.

VOYAGE AUX PAYS DU COTON. Petit précis de mondialisation I, 2006.

A380, photographies de Peter Bialobrzeski, Laurent Monlaü, Isabel Muñoz, Mark Power, 2007.

L'AVENIR DE L'EAU. Petit précis de mondialisation II, 2008.

LA VIE, LA MORT, LA VIE – LOUIS PASTEUR 1822-1895, 2015.

GÉOPOLITIQUE DU MOUSTIQUE. Petit précis de mondialisation IV, 2017.

LA TERRE A SOIF. Petit précis de mondialisation VII, 2022.

Aux Éditions du Seuil

LOYOLA'S BLUES, 1974.

LA VIE COMME À LAUSANNE, 1977 (Points).

UNE COMÉDIE FRANÇAISE, 1980 (Points).

L'EXPOSITION COLONIALE, 1988. Prix Goncourt (Points).

GRAND AMOUR, 1993 (Points).

Suite des œuvres d'Erik Orsenna en fin de volume.

HISTOIRE D'UN OGRE

ERIK ORSENNA
de l'Académie française

HISTOIRE D'UN OGRE

nrf

GALLIMARD

Il y avait en Westphalie, dans le château de M. le baron de Thunder-ten-tronckh, un jeune garçon à qui la nature avait donné les mœurs les plus douces.

VOLTAIRE,
Candide

I

OÙ, VENU DU FOND DES ÂGES, SURGIT DU TRÈS INQUIÉTANT

Ogres !

Nouvelle manifestation de mon optimisme maladif, je nous croyais une bonne fois pour toutes débarrassés de ces géants et bedonnants personnages amateurs de chair fraîche. Dieu sait si, dans l'enfance, ils nous avaient fait délicieusement frissonner, qu'ils en soient remerciés ! Mais depuis un bon bout de temps, l'âge nous étant venu, ils restaient sagement dans les livres qui les avaient fait naître. Bye bye, et sans regret, l'ogre du Petit Poucet, l'ogresse marâtre de Cendrillon, le boucher de saint Nicolas, le monstre qui, outre-Rhin, avait bien failli se délecter d'Hansel et Gretel.

Comme tout le monde, d'autres sujets, plus actuels, me retenaient, dont le Réchauffement Général, l'invasion des moustiques-tigres ou la rareté du foncier sur les côtes du Morbihan.

Or voici que depuis quelques années, derrière les bruits de la ville, à condition de bien se concentrer, on pouvait entendre, de jour comme de nuit, certains bruits qui ne trompaient pas : craquements d'une mâchoire à l'œuvre, succion d'une bouche qui avale, flatulences d'une digestion demandant grâce... À l'évidence, dans notre pays, quelqu'un mangeait. Oui, quelqu'un dévorait même, sans répit, ni repos. Et personne ne semblait s'en émouvoir ! Il aurait pourtant suffi de jeter un coup d'œil dans les poubelles, on y aurait vu les reliefs de ce repas perpétuel : ici, le souvenir d'une radio, jadis indépendante ; là, les restes d'une maison d'édition légendaire.

Les bruits se rapprochant, votre narrateur décida de mener l'enquête. Quel était donc cet ogre revenu du fond des âges pour se repaître du royaume de France ?

La géographie facilita les débuts de ma tâche. Une bonne partie de ma famille habite l'Ouest, dans la bonne ville de Quimper, tout près de l'endroit où, dit-on, commença cette folie d'engloutir.

II

UN MOULIN QUI RÊVAIT DE GRANDEUR

À l'ouest de l'ancien duché de Bretagne, rattaché au royaume de France le 13 août 1532, il est un château. Modeste de taille et point du tout guerrier d'allure, ni donjon ni remparts, plutôt gentilhommière. Mais Dieu, dont la pertinence des projets à long terme n'est plus à prouver, l'a complété par un moulin. Sous lequel passe un petit fleuve sensible aux marées, l'Odet. L'histoire que je vais avoir, non sans risques mais sous la protection du meilleur avocat de Paris, l'honneur de vous conter est née de ce trio : le château, le moulin et le fleuve.

Il faut que vous le sachiez : dans ce château modeste ont toujours mijoté des rêves de grandeur. De génération en génération, on espère qu'un jour la puissance et la gloire viendront réchauffer ces vastes et mornes salons de granit pour inscrire, une bonne fois pour toutes, la famille dans l'Histoire.

Afin de répondre à ce noble dessein, les vaillants petit fleuve et vieux moulin font leur possible. Le premier coule, le second tourne. Ensemble, ils fabriquent du papier, le plus fin et le plus éphémère de tous les papiers, celui qui enveloppe le tabac des cigarettes. Si bien que, plus les Français fument, mieux le château vit.

Mais jamais l'aisance n'a calmé une ambition.

Au château, au fleuve et au moulin, il faut bientôt ajouter un quatrième mousquetaire, héros de son état.

Il était une fois, durant l'hiver 1942, un jeune homme de dix-sept ans qui ne supportait pas de voir son pays envahi. Ni une, ni deux, il vend son cheval et, dans un canot de fortune, gagne l'Angleterre car un homme de grande hauteur, par ailleurs général deux étoiles, y prône la Résistance. Question monture, le jeune homme n'a pas perdu au change : il va galoper désormais sur le dos d'une légende qui commence.

Deux années durant, dans le nord glacé de l'Écosse, le jeune homme va pleurer tant c'est dur. Il marche la nuit, il escalade, il saute dans le vide, il apprend la peur, le froid, la faim et tous les combats. On l'entraîne à tuer vite, et sans bruit, de ses deux mains nues. Il sue sang et eau. Il serre les dents, se maudissant peut-être, parfois, souvent, de s'être engagé là. Quelle folie m'a pris ? Il a rejoint le groupe de fusiliers marins qui, le moment venu, constituera l'avant-garde de l'armée alliée, un commando créé par un ancien banquier, Philippe Kieffer. Et le 6 juin 1944, il est l'un des cent soixante-dix-sept qui débarquent sur une plage de France. Vingt d'entre eux vont mourir avant le soir, cent trente autres seront blessés dans les semaines suivantes.

Quand le héros revient chez lui, le château, le moulin et le petit fleuve saluent, saluent, à la manière que nous leur connaissons, pudique et taiseuse. Sachez, braves gens, qu'il n'y a pas besoin de mains pour applaudir. Mission accomplie : la Grandeur tant espérée était entrée dans la famille. La victoire célébrée et les flonflons éteints, un tel changement de dimension n'est pourtant pas simple à vivre. Cela porte ou bien étouffe, selon les caractères. Et maintenant, comment tenir la note, comment emplir ces vêtements trop larges, comment ne pas décevoir ?

Le bébé mâle qui naît peu après, neveu du héros, ne met pas longtemps à trouver la réponse : aucun biberon n'est assez plein pour lui. Madame, disent et répètent à sa mère toutes celles qui s'occupent du bambin, madame, madame, vous avez vu ses dents ? M'est avis que vous avez enfanté un ogre !

Un château, un moulin, un fleuve, un héros, un ogre : les personnages sont prêts. La tragédie peut commencer.

III

L'ORIGINE DE L'APPÉTIT

Ogre.

Est-ce le mot qui lui plut, o, gre, deux courtes syllabes mais qui emplissent bien la bouche ?

Ou faut-il incriminer certain voyage, en seule compagnie de son oncle ?

Un 1er avril, le héros jugea qu'il était temps d'apprendre la Grandeur à son neveu qui venait de fêter ses huit ans. Quelle meilleure destination que Carnac et ses alignements de pierres colossales ?

Toutes les sources familiales scrupuleusement consultées par votre narrateur le confirment, le jeune Breton revint bouleversé par cette plongée dans la préhistoire : nous n'étions donc pas condamnés à la petitesse ? Preuve était apportée qu'autrefois des humains avaient existé de bien plus haute taille que la nôtre, d'une telle force qu'ils étaient capables de transporter ces blocs de granit. Serait-il possible de leur ressembler ? En buvant quelle potion magique ? En s'adonnant chaque matin à quelle sorte de gymnastique, quels étirements ?

Dès lors, le neveu du héros se plongea dans ces maigres volumes appelés livres, espérant y trouver le secret de notre altitude perdue. Il devint d'autant plus incollable sur les géants qu'à son vif désespoir, les années avaient beau passer, il ne gagnait guère de centimètres. Il devint fou de Rabelais, malgré la difficulté de sa langue, et accablait sa famille d'interrogations incessantes. Se pourrait-il, papa, maman, que je descende de Gargantua, en dépit de mon apparence ? Qui étaient vos ancêtres ? Allez, dites-moi tout. Vous rougissez ! J'en étais sûr. Avant mon grand-père, celui du portrait dans le salon, y avait qui ? Je me sens une de ces faims, aujourd'hui ! Normal, l'ogre en moi réclame un vrai repas ! D'ailleurs, à propos d'ogres, suis-je le premier ou d'autres m'ont-ils précédé dans la famille ? Et sont-ils tous méchants ou en est-il de gentils, en tout cas d'utiles ? Papa, tu voudrais refermer ton journal pour me répondre ! Pourquoi as-tu fait des enfants si tu préfères *Le Figaro* ?

Vous ne l'ignorez pas, les géants ont pour mère Gaïa, la Terre, et pour père Ouranos, le Ciel. Rien de moins ! Dotés d'une telle ascendance, on ne s'étonne guère qu'ils aient un beau jour décidé d'affronter les dieux, en des combats terribles connus comme la *Gigantomachie* !

Imaginez le trouble du gamin découvrant ces histoires ! Comment voulez-vous qu'elles ne lui aient pas chamboulé le cerveau. Ses camarades de classe se rêvaient footballeurs, les stars de l'époque, Kopa, Just Fontaine, Di Stéfano. Lui ne disait rien, serrait les dents, mais se jurait que plus tard, croix de bois, croix de fer, si je mens je vais en enfer, il deviendrait géant, un géant capable de transporter lui aussi ces très, très gros cailloux et d'en construire des mausolées dont on se souviendrait des millénaires plus tard.

N'accablons pas l'oncle, le héros familial ! Il croyait bien faire.

Mais alors que lui, fidèle à sa morale médiévale, avait créé les éditions de la Table ronde, son neveu se trompa de Grandeur. Au lieu des chevaliers en quête du saint Graal, sauveurs de veuves et d'orphelins, cet enfant se donna pour modèles les géants et les ogres.

Conclusion : prenez garde à la lecture ! Cette activité tranquille d'apparence, et célébrée par tous les pédagogues, peut entraîner de graves désordres mentaux !

Et si votre narrateur peut se permettre un autre conseil, méfiez-vous des sites à mégalithes ! M'engageant un soir, près de chez moi, dans une allée de menhirs, moi aussi j'ai senti comme un vertige très particulier : au lieu de manquer tomber, il me semblait m'élever, tandis que gonflaient mes muscles. Et si je devenais un géant ? Lecteurs, lectrices, vous êtes les premiers à qui je révèle cet accès de mégalomanie. Ma crise, par chance, ne dura pas, stoppée net par l'une de ces tendres moqueries dont ma femme est coutumière : mon pauvre chéri, rentrons vite, tu as vu l'heure ?, tu vas manquer ta sieste.

IV

SOUS L'EMPRISE DU COUCOU

Népomucène, le père de l'Ogre, le plus sociable des hommes, ne supportait pas la solitude. À Paris comme en Bretagne, il n'arrêtait pas de recevoir. Ainsi le 21 mars 1962, pour fêter l'arrivée du printemps, il avait convié au Moulin la crème locale : le maire SFIO de Quimper par ailleurs artisan serrurier (Yves Thépot), Pierre-Jules Henriot (propriétaire et directeur de la faïencerie du même nom), Mgr André Fauvel (l'évêque), le proviseur du lycée de la Tour-d'Auvergne, un professeur à l'École normale (Pierre-Jakez Hélias, celui qui allait quelques années plus tard nous enchanter avec son *Cheval d'orgueil*, le *Cent ans de solitude* breton), Fernand Esun (importateur et réparateur de machines agricoles) et un prénommé Loïg, tout jeune enseignant de sciences naturelles au Likès, le collège privé catholique. Quelle mouche piqua ce dernier, quel besoin de jouer l'important ? Poussé par quelle folle raison pédagogique jugea-t-il nécessaire de prendre la parole lorsque, depuis le plus grand chêne qui recouvre presque le Moulin, retentit le fameux chant, coucou, coucou ? Bien sûr, vous savez l'histoire qu'il raconta. La femelle coucou choisit le nid d'un oiseau d'une autre espèce ; elle y dépose son œuf et s'en va ; cet œuf étranger sera généreusement couvé par les propriétaires du nid en même temps que leurs propres œufs ; jusque-là, rien d'anormal, le plus étonnant commence après : le petit coucou s'arrange pour sortir le premier de sa coquille ; bien que faible et minuscule, ne pesant qu'à peine deux grammes, il glisse chacun des autres œufs sur son dos, et, d'un petit mouvement bref, il les jette, un à un, hors du nid ; ainsi, plus de concurrents, tous les insectes apportés par ses faux parents seront pour lui. Tel est, mesdames et messieurs, le *parasitisme de couvée* ! Rires et applaudissements, conclus par la sainte remarque de Monseigneur (« Quand on pense que certains, malgré ces merveilles, continuent à ne pas croire en un Créateur »). Loïg aurait dû savourer ce succès. Hélas un regard l'avait dérangé, tout du long de sa leçon. La bouche bée, les yeux écarquillés, un gamin assis en bout de table gobait ses paroles. Jamais, au grand jamais, il n'avait eu plus attentif élève ! À l'évidence, cette histoire résonnait au plus profond de la petite personne. Terrible est la responsabilité d'un éducateur ! Dans de jeunes âmes, il doit semer le bon grain et s'interdire l'ivraie. Aujourd'hui, chaque fois qu'on lui apprend un nouveau « succès » de l'Ogre, la *reprise* de telle ou telle entreprise, l'engloutissement d'un journal supplémentaire, le vieux retraité bat sa coulpe à l'ancienne, c'est ma faute, ma très grande faute, ne déclenchant que les soupirs de sa famille : pauvre de lui ! sa démence progresse, qu'a-t-il donc à toujours répéter ce nom d'oiseau, coucou, coucou ?

Qui se souvient d'Adolphe Pierre Julien Orain (1834-1918) ? Sachez que ce fonctionnaire fut très apprécié de sa hiérarchie à la préfecture d'Ille-et-Vilaine (Rennes) durant les trente-cinq années qu'il y officia. Il gravit tous les échelons, jusqu'au poste envié de chef de la 3e division (finances), en même temps qu'il devenait maire de la commune où il avait vu le jour et où il devait décéder (Bain-de-Bretagne). On comprend que la Légion d'honneur ait, le 29 décembre 1886, récompensé un tel parcours. Mais ce serait oublier un autre apport d'Adolphe à son pays. Cet homme aussi méticuleux que curieux passa tout son temps de loisir à recenser les contes et les chansons, les us et les coutumes de sa région. D'innombrables ouvrages nous offrent ces trésors. C'est dans l'un d'entre eux (*De la vie à la mort*, éditeur Maisonneuve, 1898) que votre narrateur a découvert cette petite merveille dont il a la faiblesse de penser qu'elle n'est pas sans relation avec notre histoire : « Entendre le coucou chanter alors qu'on a de l'argent dans sa poche, c'est la garantie d'être riche toute l'année. »

Dès la rentrée suivante, le bambin coucouphile entra, conformément à sa vive demande, chez les *louveteaux,* cette filiale du scoutisme créée en 1916 par Robert Baden-Powell et Vera Barclay. Outre diverses valeurs essentielles à la vie en société, dont la *loi de la meute*, il allait y apprendre, par cœur, *Le livre de la jungle* (auteur Rudyard Kipling, né à Bombay en 1865, mort à Londres le 18 janvier 1936, Prix Nobel de littérature). Dans cette confrérie enfantine, il est d'usage de vous attribuer un *animal totem*, celui qui vous correspond le mieux, ainsi qu'une *quali*, votre trait de caractère principal. Le plus grand mystère continue de régner sur l'appellation retenue par ses amis louveteaux pour désigner notre personnage et futur ogre. *Renard inlassable* est le totem officiel. Mais d'autres évoquent plutôt *Octopus insatiable,* une pieuvre que rien n'arrête. Je me garderai bien de trancher. Le sérieux de cette enquête pâtirait d'une prise de position sans preuve suffisamment établie, même si j'ai mon idée.

V

SURNOMS ET DESTINS OU LA RESPONSABILITÉ DES MÈRES

Les mots décrivent-ils seulement le Réel, du mieux qu'ils le peuvent ? Ou, mine de rien, le façonnent-ils ?

Débat philosophique aussi vieux qu'*Homo sapiens*, du jour où il s'est mis à parler.

Notre héros est-il devenu l'ogre international que nous connaissons parce qu'ainsi, très tôt, le surnomma sa mère et que, par amour pour elle, il ne voulait pas la décevoir ? On connaît des personnalités foncièrement timides et modestes se forçant à devenir président de la République juste pour se conformer au rêve impérieux de maman.

Ou bien était-il *vraiment* dans sa nature de tout dévorer ? À force d'errer dans les crêperies locales, j'ai retrouvé trois camarades de notre Ogre, du temps qu'ils n'avaient pas quinze ans. J'ai consigné leurs propos. Je vous les livre sans en avoir changé la moindre virgule.

Premier témoignage :

« Sans rien faire, les bras croisés et le visage ricanant, il nous regardait construire nos cabanes d'ajoncs et de fougères. À peine en avions-nous achevé une, tantôt dans le parc, autour du château, tantôt au milieu des branches d'un grand arbre, qu'il s'avançait et, sans bonjour ni merci, y installait ses albums de Tintin et ses jumelles militaires, cadeau de son oncle le héros.

« — Mais enfin ! protestions-nous.

« — Vous avez un titre de propriété ? répondait-il.

« — Qu'est-ce que c'est que ça ?

« — Le papier qui me donne tout pouvoir.

« — Et tu l'as trouvé où, ce papier ?

« — Mon père a une papeterie, c'est pas pour rien !

« La queue basse nous allions construire ailleurs. »

Deuxième témoignage :

« Pour échapper à son appétit, nous bâtissions de plus en plus loin, jusqu'à Pont-l'Abbé et même Concarneau, voire Locronan. Alerté on ne sait comment, par le bruit de nos petites haches ou par l'acuité miraculeuse de ses fameuses jumelles, il se pointait et, comme d'habitude, nous chassait, on avait beau hurler :

« — Cette fois, tu n'as pas de titre !

« — Je l'aurai.

« — Mais à quoi va te servir cette nouvelle cabane ? Tu en as déjà dix-sept !

« — On n'a jamais trop. »

Troisième témoignage :

« Je peux le dire, maintenant que nous sommes toutes vieilles et donc, enfin, pareillement laides, j'étais la plus vilaine, avec des dents chevauchantes à faire peur et les seins les plus petits, à peine des boutons maigrelets. Pourtant, il a tout fait pour m'arracher à Guillaume, celui qui m'aimait et me protégeait depuis le jardin d'enfants. Bien sûr j'étais flattée, même si, pour vous dire la vérité, déçue par sa hâte, pas contentée si vous voyez ce que je veux dire.

« — Pourquoi, n'ai-je pu m'empêcher de m'écrier quand nous nous sommes relevés du tas de foin, de la paille plein les cheveux, pourquoi moi ? Tu as le choix de bien mieux !

« — J'aime pas quand d'autres ont ce que j'ai pas.

« Voilà ce que, sans même me regarder, l'Ogre m'a répondu en s'en allant. »

VI

ÉLOGE DE L'EMBALLAGE

Tout avait pourtant bien commencé, dans le juste souci de sauver une belle œuvre familiale.

Les personnes les mieux informées du Finistère sud vous le confirmeront, les affaires n'allaient pas fort en cette fin des années 1970. Le moulin avait beau continuer de brasser vaillamment les eaux saumâtres du trop modeste fleuve Odet, les profits s'étiolaient. Et comme dans la famille personne ne songeait à réduire ses dépenses, le futur s'annonçait sombre, je veux dire pauvre.

La riche idée vint alors à notre ami, typique de son caractère (un rare alliage de fidélité et d'opportunisme).

1. Poursuivons dans l'emballage ! La religion de notre époque (la Croissance) multipliant les produits (comme jadis Jésus les petits pains), il va bien falloir empaqueter, et chaque jour davantage.
2. Abandonnons sans regret la belle matière qui fit notre fortune, le papier, mais s'avère décidément trop fragile et moins souple qu'on ne pourrait le souhaiter.

3. Remplaçons-le par ce trésor issu du pétrole : le plastique.
4. Mais surtout, surtout, poursuivons dans la finesse, cette minceur vertigineuse qui fait croire aux fumeurs que leurs cigarettes ne sont que purs petits crayons de tabac.

Écoutez le (très jeune) responsable, dans le groupe, de ce secteur ô combien profitable. Vous trouverez, dans son jargon de la modernité écoresponsable, la vision déjà présente cinquante années plus tôt : « Nous concevons des films rétractables pour la protection, la conservation et la mise en valeur des produits alimentaires et de grande consommation... En maîtrisant complètement les technologies de coextrusion et de biorientation, nous nous épargnons de travailler les matières plastiques difficiles, sujet au cœur des préoccupations actuelles. »

Si bien qu'à celles et ceux qui, non sans preuves, dénient au Breton le noble titre d'entrepreneur pour l'affubler, non sans raisons, de l'appellation d'homme d'« affaires » et de « coups », la bonne foi du narrateur l'oblige à objecter d'une forte voix : n'oubliez pas les films ! Et il pourrait compléter en ajoutant l'échec, mais ô combien respectable, de la filiale « voitures urbaines électriques ».

En conséquence, comment expliquer la dérive qui change un homme visionnaire parce que utile aux autres en ogre obsédé d'avaler ? Mystère de la nature, traumatisme caché de l'enfance, mission familiale, ordre venu du ciel, peur panique de manquer un jour, terreur de la mort... combinaison improbable et changeante de toutes ces déraisons ?

VII

VOCABULAIRE (I)

DÉVOIEMENT

1. Terme d'architecture : action de dévoyer, d'incliner un tuyau de cheminée.
2. Flux de ventre, déjections alvines. « Beauvillier se crevait de quinquina pour arrêter une fièvre opiniâtre, accompagnée d'un fâcheux dévoiement. » (Saint-Simon)
3. Action de détourner (quelqu'un ou soi-même) du droit chemin : « Tout avait pourtant si bien commencé, pourquoi un tel dévoiement ? »

Parfois l'erreur d'une vie ne vient que d'une légère méprise sur les mots : la grosseur n'est pas la grandeur. Créer n'est pas accumuler. Ni entreprendre avaler.

VIII

CURRICULUM

Peut-être vous demandez-vous qui vous raconte cette histoire ?

Quelle importance, son nom ? Quel intérêt, son identité ?

S'il vous faut absolument désigner, appelez-le Curiosité.

Car votre narrateur naquit atteint de cette maladie-là, ce « penchant de voir et de savoir », ainsi qu'avait diagnostiqué un psychologue très tôt consulté par une mère effrayée : Mon fils d'à peine quatre ans fouine partout, figurez-vous que nous l'avons surpris une nuit, mon mari et moi, l'oreille collée contre la porte de notre chambre, une lampe de poche pointée sur la serrure :

— Que fais-tu là ? lui avons-nous demandé.

— J'apprends !

— Et qu'as-tu appris ?

— Qu'il faut glousser, et beaucoup gesticuler, pour se sentir moins seuls dans le noir.

Une autre mère se serait offusquée. Car rêvant pour son fils d'un autre avenir plus glorieux, pourquoi pas présidentiel ? Pas cette maman-là. Curieux tu veux être, et rien d'autre ? C'est ton choix. Au lieu de lutter contre le travers de son fils, elle le favorisa de toutes ses forces, et d'au moins deux manières. En lui apprenant à lire au plus vite : puisque tu t'impatientes devant les portes, la lecture les ouvre toutes. Et, chaque jeudi, en l'emmenant visiter la Ménagerie du Muséum national d'histoire naturelle, occasion pour elle de lui présenter de touchantes excuses :

— Je suis désolée que tu ne sois pas un aigle, ta vue serait huit fois plus perçante ! Quelle pitié que tu n'aies pas l'odorat du requin, tu repérerais la moindre goutte de sang à dix kilomètres ! Quelle imprudence, cette incapacité à te camoufler ! Je t'imagine caméléon, tu échapperais à tous tes ennemis ! Mais pourquoi, pourquoi n'ai-je engendré qu'un petit d'homme ?

— Et comment fait-on, maman, pour devenir comme les animaux ?

— On gagne leur amitié.

— C'est noté !

— Quoi encore ? Pourquoi cette grimace ? Tu n'aimes plus notre Ménagerie ?

— Pauvres animaux ! Tu ne les trouves pas un peu ramollis, à tourner et retourner dans leurs cages ?... Quel est l'animal le plus sauvage du monde ?

— Je ne sais pas moi, sans doute le lycaon : il pousse la férocité jusqu'à dévorer tout chaud le fœtus au fur et à mesure qu'il sort du ventre de sa maman gazelle.

— Formidable ! Un jour, tu m'emmèneras dans la vraie jungle, pour voir des animaux vraiment sauvages ?
— Juré !

Puisqu'il semblerait que nous devions, au fil de ces pages, passer quelques moments ensemble, apprenez, et c'en sera tout de ce curriculum, apprenez qu'à dix-sept ans votre narrateur choisit de se lancer dans des études de sciences économiques. Décidément, la sauvagerie le passionnait. Et la vie lui avait appris, malgré son jeune âge, qu'en cette matière, la sauvagerie, aucune espèce animale ne valait l'humaine, surtout lorsqu'elle s'adonnait à cette voracité qu'on appelle la *Finance.* Cette sagacité fut saluée, six ans plus tard, par un doctorat d'État (mention très bien ; président du jury : le futur Premier ministre Raymond Barre).

De tout cela vous pouvez déduire que les chiffres la filent doux devant moi. Ils ont compris n'avoir pas la moindre chance de m'impressionner. Ils auront beau enchaîner tours, jongleries et passe-passe, ils n'enfumeront pas ce docteur-là que je suis, jamais ne lui cacheront ni ne lui enjoliveront la vérité !

Alors, qui vous écrit ? Quelle importance ? Puisque nous est commune une sidération devant certaines rapacités propres à l'espèce humaine.

Mais avant de reprendre mon récit je dois vous faire un aveu, même s'il vous fera douter de ma santé mentale.

S'il est un nombre, pourtant, que votre narrateur célèbre, c'est 184 217 : l'inventaire précis, vérifié et revérifié, de tous les signes (intervalles compris) employés par Voltaire pour raconter son *Candide*. Sitôt lu, dès l'âge de quinze ans, je me suis dit qu'un jour, le moment venu, moi aussi j'écrirais sur l'état du monde un conte exactement de même taille.

IX

UNE EMPLETTE À LA ROCHELLE

Revenons à l'Ogre.

Il était une fois un autre héros.

Tristan Vieljeux s'engage à vingt ans (1944) dans le régiment de marche du Tchad intégré à la 2e division blindée du général Leclerc. Il participe à la campagne qui va libérer la France. Et le 4 mai 1945, avec ses camarades, il pénètre, sur les hauteurs de Berchtesgaden, dans le chalet-nid d'aigle du chancelier Hitler récemment suicidé.

Las, sans doute, d'avoir tant marché, il décide de naviguer. Heureuse coïncidence, je veux dire sourire complice du destin : sa famille possède une société d'armement maritime, créée en 1867. Elle a été développée par Léonce, son grand-père, longtemps maire de La Rochelle, et lui aussi un héros : résistant de la première heure, il fut déporté en Alsace, si loin de la mer, dans le camp du Struthof. Il y fut exécuté dans la nuit du 1er au 2 septembre 1944.

Dans cette société Delmas-Vieljeux, Tristan va vite trouver sa place, la première. D'autant que ses bateaux commercent avec cette Afrique tant aimée. N'est-ce pas du cœur de ce continent, le Tchad, qu'est partie l'armée libératrice de Leclerc ? Autre raison, plus intéressée, de cet attachement au sud du Sahara : la colonisation, qui permet d'y réaliser des profits rapides et substantiels. Le mouvement des indépendances, au début des années 1960, ne changera guère les règles du jeu.

Bref, tout va pour le mieux dans le meilleur des mondes.

Que peut bien craindre une telle entreprise ?

Ayant traversé trois guerres, dont deux mondiales, elle saura apprivoiser l'avenir, quel qu'il soit.

Certes, la rumeur prête des ambitions à un certain petit Breton blondinet. Certes, grâce à des amitiés dans les milieux de la Finance, cet homme encore tout jeune vient d'acheter une petite Société commerciale d'affrètement et de combustible qui, elle aussi, s'occupe d'Afrique. Mais le métier du blondinet n'est-il pas le papier ? Quel rapport avec nos nobles activités nautiques ? Et son sourire ne saurait nous tromper. Chaque fois qu'il me rencontre, raconte Tristan, il me donne du cher ami, me tresse des louanges, quelle réussite que la vôtre ! Et il me rappelle les liens de bonne camaraderie qui unissaient mon père et son père : tous les deux (excellents fusils) ne partageaient-ils pas la même passion pour la chasse ?

Et voici qu'un certain jour maudit de 1991, l'impossible survient. Alors que Tristan arrive CHEZ LUI, dans SA société, et, comme tous les matins, gagne SON bureau, surprise : c'est le fameux sourire du Breton qui l'accueille. Tristan ne lui avait jamais remarqué tant de dents. Le sourire laisse échapper un mot, un seul : au revoir.

Votre narrateur, n'écoutant que sa conscience professionnelle, s'est rendu à La Rochelle, pour enquêter sur cette affaire, appelée là-bas « hold-up », mais se gardera bien de reprendre à son compte cette qualification injurieuse. Cette ville, chaleureuse et joyeuse quoique historique, mérite un voyage, d'ailleurs pas si long (moins de trois heures en train depuis Paris). J'en suis revenu avec le plus complet portrait de cet être humain très particulier : un ogre. Des propos entendus, des confidences recueillies, il résulte que le Breton blondinet avait pris contact avec TOUS les membres de la famille supposés posséder des actions de la vieille compagnie d'armement Delmas-Vieljeux (un ogre est méticuleux). Un à un, une à une, il était allé les voir (un ogre se déplace). Un à un, une à une, il les avait écoutés, écoutées, le temps qu'il fallait (un ogre est patient). Chaque fois, il avait opiné, lorsque l'actionnaire, même minime, grand-oncle ou nièce ou frère ou cousine issue de germain ou pièce rapportée, oui, chaque fois, il avait hoché la tête d'un air entendu, et soupiré à fendre l'âme lorsque ce membre de la famille, homme ou femme, jeune ou vieux, racontait, les larmes aux yeux, une scène a priori minuscule où il (elle) avait été méprisé(e), dédaigné(e), humilié(e) (un ogre, mieux que personne, sait compatir car nul n'est bon ogre s'il n'est grand comédien). Et puis, surtout, un ogre sait, au bon moment, sortir de sa poche l'argument déterminant : ce peut être du liquide, mais le plus souvent un carnet de chèques, en même temps qu'un stylo bille, voilà, vous n'avez qu'à signer là. Cette nouvelle partie du capital tombée dans sa besace, l'ogre breton ne s'attarde pas, il se lève d'un bond, vous ne restez pas dîner avec nous ?, hélas, vous savez ce que c'est, les affaires !, nous savons, enfin nous savions, heureux de vous avoir rencontré, à bientôt. Et soudain, à peine quitté le domicile de l'ex-actionnaire, l'ogre change de sourire : tendre, enfantin l'instant d'avant, il s'est fait carnassier.

Pour conclure cette nouvelle étape de sa conquête, l'ogre tire d'une autre poche un petit carnet et note, ravi (il peut se faire que de ses babines retroussées s'écoule un peu de salive, preuve d'un plaisir intense) :

$$\begin{array}{r} 26{,}75 \\ + \\ 4{,}25 \\ \hline 31 \end{array}$$

Encore 20 %, et tous les bateaux de ce bon vieux Tristan seront à moi. Alors, à nous l'Afrique ! En attendant mieux (l'ogre, et c'est à cela qu'il est reconnu, n'est jamais rassasié : nul ne sait le nombre d'épouses de Barbe-Bleue, pas plus que d'Henri VIII ; et moins encore le montant exact de la fortune de Jeff Bezos).

Morale (si l'on peut dire) digne de La Fontaine :

Jalousie de l'un,
Cupidité d'un autre,
Nul jamais ne l'emportera
Sur ce trop puissant alliage.

X

LEÇONS DE FINANCES : LA PATIENCE OU LE VOLEUR CHINOIS

Hélas Tristan, l'armateur rochelais, obnubilé par son commerce africain, n'avait jamais envoyé l'un de ses navires explorer l'Extrême-Orient. Il en aurait appris beaucoup, notamment au sujet de certaines pratiques contre lesquelles il aurait pu se prémunir, sauvant ainsi son entreprise.

Si les circonstances contraignent parfois les bandits chinois à se montrer expéditifs, ils préfèrent de beaucoup s'appuyer sur le plus sûr, le plus silencieux et le moins coûteux des complices, le temps. Ainsi les meilleurs voleurs de l'empire du Milieu se gardent bien, contrairement à leurs confrères occidentaux, de sauter sur la sculpture convoitée avant de s'enfuir à toutes jambes. Durant des semaines, ils inventent tous les prétextes, beauté de la vendeuse, fraîcheur de l'endroit, pour rendre visite à la boutique. Et chaque fois, d'un très léger, très imperceptible mouvement du coude, ils rapprochent en passant l'œuvre de la sortie. Tant et si bien qu'un beau jour, il ne reste plus aux voleurs qu'à jouer la stupéfaction en découvrant la présence d'une statue de prix un peu perdue au milieu de la rue. Qui pourrait leur dénier le droit de s'en emparer ?

XI

LEÇONS DE FINANCES (SUITE) : LE RECOURS AUX POULIES

On croit la Finance la plus *moderne* des activités. Erreur ! Elle s'appuie sur les plus vieilles sagesses, telle la patience chinoise, mais aussi sur les techniques les plus anciennes.

Tout le monde connaît la roue, une des plus brillantes inventions de l'humanité.

La poulie est sa fille, qu'un certain natif de Syracuse nommé Archimède (287-212 avant Jésus-Christ) eut l'idée de multiplier, inventant ainsi le palan. Ce physicien génial car pragmatique montra qu'il suffisait d'ajouter des poulies, et encore des poulies, pour réduire son effort. Pourquoi s'épuiser ? L'intelligence existe pour venir en aide à la paresse.

L'autre personnage intervenant dans notre histoire est la démocratie. Dont le principe est simple, et radical : sitôt atteint 50,1 % des voix, tout m'est permis. La minorité, même forte, 49,9 %, n'a plus qu'à se taire.

Combinez poulies et démocratie, et vous comprendrez comment l'Ogre a pu avaler tellement d'entreprises avec, au départ, si peu d'argent.

Merci la poulie, tu vas me doter d'une force que je ne

me connaissais pas ! Si je suis ambitieux, follement, mais démuni (tout est relatif), ne disposant que de la moitié de l'argent pour acheter 100 % d'une société qui m'intéresse, il me suffit de trouver un « ami » acceptant d'investir *presque* la même somme (lui 24,9 %, moi 25,2 %). Et me voilà avec 100 % du pouvoir sur une entreprise valant deux fois ma mise !

Le traitement que, par la suite, je réserverai à mon gentil associé ne regardera que lui et moi...

Pourquoi s'arrêter là ? Nous pouvons faire beaucoup mieux. Pourquoi ne pas multiplier les poulies pour réinventer ce génial palan ? Créons un fonds A. Il va contrôler un fonds B en en acquérant 50,1 %. Ce fonds B, à son tour, va gouverner un fonds C grâce à la même majorité minimum. Le fonds C agira de même avec un fonds D. Et ainsi de suite...

Avec à peine plus de 3 % d'apport, je deviens seul maître à bord de ma cible (l'entreprise convoitée).

C'est pour son habileté à user des poulies que notre Ogre fut baptisé « Mozart de la Finance », sans qu'Archimède proteste. Il est vrai que de son temps, les droits d'auteur n'existaient pas.

XII

OÙ L'ON EN APPREND UN PEU PLUS SUR LA PHYSIOLOGIE DES OGRES

Cette première « emplette » n'avait pas seulement ouvert l'appétit de l'Ogre. Elle avait révélé au plus profond de son estomac une cavité, que dis-je ?, un gouffre, qu'il allait désormais devoir chaque jour combler. Dès le début de l'opération, une excitation aussi nouvelle que TOTALE l'avait envahi. Pour entrer dans les détails corporels, sitôt fomenté ce projet de manger toute crue la vieille entreprise de navigation rochelaise, le grand rire silencieux des carnassiers avait stimulé comme jamais son cerveau ; ses yeux, d'après sa secrétaire, avaient rayonné d'un éclat presque inquiétant, Président, ne me regardez pas ainsi, vous me faites peur.

Telle est, typique et fort bien documentée par la psychiatrie internationale, *l'addiction à dévorer*. Apprenez qu'elle est plus violente, plus invasive et moins guérissable que toutes les autres maladies du désir, le jeu, le sexe, les drogues, l'alcool, les besoins irrépressibles (poutinien de guerre ou prostatique de pisser), la passion du pouvoir et le fanatisme religieux.

Il y a pire. Deux fois pire.

Puisque cette première prise de contrôle s'était avérée finalement si facile, puisqu'elle avait engendré tant de bonheurs mêlés, aussi divers qu'inusités, pourquoi s'en priver ?

Et puisque cette addiction, contrairement à toutes les autres, *rapporte* (beaucoup) au lieu de *coûter,* donnez-moi *une seule bonne raison* de ne pas m'y livrer corps et âme !

Personnalité démente mais cohérente, comme souvent, hélas, les déments, l'Ogre avait entendu le double message.

Si bien que son appétit se déchaîna. Et ses repas s'enchaînèrent. Sans choisir entre les plats. Tout était bon pour se repaître.

XIII

POURQUOI TANT DE PORTS ?

« La mer, pour les Français ? s'indignait Éric Tabarly. C'est ce qu'ils ont dans le dos lorsqu'ils regardent la plage. »

Dans cette longue histoire d'une indifférence d'enfants trop gâtés, les Bretons occupent une place à part.

Bordés de courants, abreuvés de tempêtes, endeuillés de naufrages, forgés par sa force, élevés dans sa beauté, ils entretiennent avec l'océan une passion douloureuse. Lorsqu'ils reviennent de leur travail, le plus dur des métiers, celui de la grande pêche, ils cherchent d'abord à retrouver quelque paix parmi les genêts de leurs petits jardins au goût de miel. Non sans jalouser les propriétaires de moulins ! Mieux vaut, pour s'enrichir, l'eau douce que l'eau salée, laisser tourner une roue que s'épuiser à lancer le chalut.

À peine eut-il dévoré la vieille dame rochelaise, l'Ogre réunit la petite bande de ses conseillers. Ensemble, tout un week-end, ils réfléchirent à la stratégie du Groupe, jusqu'alors occupé à produire principalement des films en plastique.

— Maintenant qu'ils sont à nous, qu'allons-nous faire de tous ces bateaux ?

— Bonne question, Président ! Quand on y pense, rien de plus dangereux qu'un navire !

— Tu as raison, ça peut couler !

— Et plus souvent qu'à son tour !

— Je serais vous, Président, je les revendrais.

— Tous ?

— Tous ! Et je les remplacerais par des ports. Si l'on y réfléchit, les ports sont des espèces de bateaux, mais avec deux avantages : un, ils ne sombrent jamais, deux, ils sont immobiles, pas besoin de gasoil.

— Tu oublies un inconvénient, et de taille : les dockers ! Leurs syndicats sont bien plus présents, et bien plus revendicatifs que chez les marins.

— C'est bien pour cela que nous allons nous installer en Afrique, où cette plaie n'existe pas !

— Du moins, pas encore !

— Justement, profitons-en. Il sera toujours temps de nous en débarrasser.

— Tu veux dire les ports, que nous aurons tant de mal à construire ?

— Acheter à un prix, revendre plus cher, c'est le principe d'une vie réussie, non ? J'oubliais le troisième avantage des ports, et sans doute le principal : ils dépendent étroitement du chef de l'État local, avec lequel on doit là-bas toujours pouvoir négocier intelligemment.

— Qu'entends-tu par « intelligemment » ?

— Dans le plus strict respect de l'intérêt général.

— Intérêt… général ?

— Oui ! Intérêt commun des deux parties.

Éclats de rire et applaudissements.

— Merci, messieurs ! (Rares, dans ce genre de week-ends « stratégiques », sont les êtres humains de sexe féminin.)

Il faut imaginer le jeune Ogre, en cette fin de journée, très satisfait de son équipe et l'emmenant dîner dans un autre moulin, celui de Rosmadec. Un peu cher, d'accord, mais sans conteste la meilleure table du coin. Comment savoir s'ils ont tous choisi le menu « émerveillement » à cent dix-sept euros (araignées des abysses ; brouillade aux asperges et caviar ; saint-pierre à la Vermeer ; confit d'épaule ; bleu glazik aux poires et galet de chocolat caramel) ? Quoi qu'il en soit, voici le numéro de téléphone, en vous conseillant de réserver (très) longtemps à l'avance : 02 98 06 00 22.

XIV

HISTOIRE D'UNE MALÉDICTION OU COMMENT LA RICHESSE ENGENDRE LA PAUVRETÉ

— Chère lectrice, cher lecteur, permettez-moi de vous poser une question : savez-vous ce qu'est une *matière première* ?

— Je ne sais pas, moi... Le bois, le cuivre, le blé... Une... ressource... naturelle ?

— Exactement. Les Anglo-Saxons, toujours plus concrets, les appellent des *commodities*, des commodités. Ces cadeaux de la planète devraient être la meilleure des nouvelles pour les endroits du monde qui ont la chance de les avoir reçus du Créateur. Hélas...

— Hélas ?

— Il n'en est rien. Sauf quelques rares exceptions, plus les pays sont riches en matières premières, plus leurs peuples sont pauvres. Car DEUX lois fondamentales régissent TOUTES les sociétés humaines, de la plus petite des familles au plus vaste des empires.

Première loi : *Power tends to corrupt, absolute power corrupts absolutely.* « Le pouvoir corrompt, le pouvoir absolu corrompt absolument. » (John Emerich Edward

Dalberg-Acton, parlementaire anglais et professeur à Cambridge, 1834-1902.)

Deuxième loi, découverte puis confirmée par tous les médecins de bonne foi (ça existe) : le *travail* est meilleur que la *rente* pour la santé, toutes les santés, mentale et physique, et surtout morale. Écoutez la sagesse d'un Turc rencontré par le Candide de Voltaire tout à la fin de son périple. « Le travail éloigne de nous trois grands maux : l'ennui, le vice et le besoin. »

Chère lectrice, cher lecteur, pardonnez-moi ! Quand je suis lancé, plus rien n'arrête mon flux pédagogique. Il m'est resté de mes *douze ans* d'enseignement des *matières premières* (Panthéon-Sorbonne, École normale supérieure) une passion d'expliquer.

De ces deux vérités simples, la malfaisance du pouvoir et la nocivité des rentes, on peut déduire un certain nombre de conséquences également incontestables.

Conséquence numéro 1 : mieux vaut, pour un pays, des richesses *dispersées*, ayant pour sources des *activités* diverses plutôt que *concentrées* sur l'exploitation d'une ou deux *matières premières.*

— Et pourquoi donc ?

— Pour deux raisons. Petit a : la diversité rend plus difficile la mainmise du pouvoir politique sur l'économie. Petit b : le fourmillement de toutes ces *entreprises*, la *dynamique* qui est leur nature même, réveille les énergies, dope les talents.

— Auriez-vous un exemple ?

— J'en ai mille ! Au plus près de nous, vive la Tunisie ! Ne disposant au départ de presque rien, excepté un beau rivage et du sable, elle s'est vue contrainte de développer son industrie et son commerce, tandis que sa voisine, l'Algérie, dort, reposée sur son pétrole et sur son gaz.

Conséquence numéro 2 : plus un pays possède un sous-sol doté de trésors, plus ses dirigeants sont riches et plus son peuple est pauvre.

Conséquence de la conséquence numéro 2 : dans ces pays qui avaient tout pour être heureux, la dictature règne, plus ou moins habilement travestie en démocratie.

— Et pourquoi donc ?

— L'alternance, cette respiration qui est le mouvement même de la démocratie, n'est pas supportable pour les politiques en place. Le pouvoir est une drogue forte. Personne ne peut s'en sevrer complètement. Tu vois bien comme tous nos battus sont déprimés. François, Nicolas, les autres, Valéry avant eux. Les années, les décennies ont beau passer, aucun ne se débarrasse vraiment de cette obsession : REVENIR ! Il y a pire. Se retrouver, double peine, privé de l'argent qui accompagne le pouvoir, ça, ce n'est pas supportable pour un dictateur. Pour soi-même, et plus encore pour l'entourage. Un jour, je vous raconterai les premières dames. Rien n'est plus rapace que certaines épouses ! On devrait les exposer dans nos ménageries. Pas de meilleures clientes pour notre secteur du luxe ! Et je ne te parle pas de la pire des engeances, les fils aînés de dictateurs !

— Allons, allons, cher narrateur ! Vous vous égarez quelque peu, non ?

— Naïf lecteur ! Touchante lectrice ! Il n'était que temps de vous ouvrir les yeux sur les mœurs de notre espèce humaine. Encore un tout petit peu de patience : j'ai encore à vous présenter une ultime conséquence des deux lois fondamentales précédemment rappelées. Occasion pour nous de boucler la boucle en revenant à notre personnage.

— L'Ogre ?

— Exactement ! Pourquoi croyez-vous qu'il s'est si fort, et si tôt, intéressé à l'Afrique ? Parce que c'est LE continent des matières premières. Et, d'après vous, d'où sont exportées les matières premières africaines ?

— Des ports !

— Exactement ! Et comment obtenir la concession d'un port ? En devenant l'ami de celui qui, dans ces pays, décide de tout, c'est-à-dire le chef d'État. Entre ogres, on se comprend, le courant passe. Mais toutes les bonnes choses ont une fin. Visé par une enquête le soupçonnant de corruption, l'Ogre reconnut sa culpabilité et son groupe accepta, pour échapper à un procès, de verser une petite amende de douze millions d'euros (communiqué du Parquet national financier français en date du 26 février 2021). Le même jour, le tribunal correctionnel de Paris a cependant refusé d'homologuer le « plaider coupable » de l'Ogre et l'affaire est toujours en cours à ce jour. De toute manière, il avait amassé assez de cash. L'heure était venue pour lui d'aller rassasier ailleurs son insatiable appétit. Ailleurs que sur ce trop riche donc trop pauvre continent africain. En d'autres termes, il vendit ses ports.

XV

SAINT-FRANÇOIS

La mort n'est pas connue pour son intelligence. Elle épargne longtemps les monstres, tels Poutine (encore en vie, d'après nos informations) et Pol Pot (1925-1998), et frappe volontiers les enfants. Comme le dit celle qu'on appelle « sagesse populaire », pour une fois pertinente : « Ce sont les meilleurs qui partent les premiers. » Mais le décès du Capitaine pouvait être qualifié de particulièrement « bête ».

Ce capitaine d'industrie avait eu un destin, porté par un nom de cape et d'épée : Lagardère.

Né en 1928, au plus profond de la campagne française, Aubiet (1 000 habitants, département du Gers), le tout jeune Jean-Luc monte à Paris pour intégrer la très prestigieuse Supélec (École supérieure d'électricité). Début de carrière dans l'aviation, chez Dassault. Dix ans plus tard, on lui offre de présider Matra, alors modeste société d'électronique. Il la développe à marche forcée dans différents domaines, dont l'automobile. L'une de ses voitures, pilotée par Jackie Stewart, remporte le championnat du monde de Formule 1 tandis que, par trois fois, Henri Pescarolo triomphe aux Vingt-Quatre Heures du Mans, également sur une Matra. Redoutable séducteur, manœuvrier hors pair, bâtisseur d'un réseau imparable d'amitiés aussi utiles que profondément sincères, chef adoré de ses équipes, le Capitaine traverse sans encombre les échecs (nombreux), les crises financières (pourtant redoutables) comme la vague (imprévue) des nationalisations mitterrandiennes de 1981.

Ogre lui aussi, et tisseur incomparable, il acquiert une myriade de sociétés qui le placent, en ce début du joli printemps 2003, au cœur à la fois de l'industrie spatiale et militaire européenne (EADS, qui fabrique notamment les Airbus) et de la société culturelle et médiatique française (président d'Hachette, propriétaire de la radio Europe 1, de *Paris Match*, du *Journal du dimanche*...).

Entré un matin à la Clinique du sport en pleine forme, n'était une légère douleur au côté, juste un peu gênante pour le tennis, il en était ressorti peu après les pieds devant. Pourquoi avait-il donc voulu se faire poser cette petite prothèse de hanche ? Infection nosocomiale, avait conclu l'enquête, du grec *nosos*, maladie, et *komeîn*, soigner. En bref, on meurt du soin qu'on a reçu.

Une semaine plus tard, pour accompagner feu l'hyperactif jusqu'à son repos éternel, Saint-François-Xavier refusa du monde, et pourtant Dieu sait si cette église est vaste. Mais la cour et la ville, tous les puissants de Paris et de Toulouse, voulaient se montrer à cette messe, sans se douter qu'ils allaient y pleurer. En effet, si cette cérémonie reste dans les mémoires, c'est, rareté absolue, pour la sincérité des larmes alors versées. Figurez-vous que ce fringant Capitaine n'était pas seulement admiré mais aimé, et même, peut-être surtout, par ceux qui le redoutaient le plus. Au-delà de sa personne, on devinait bien qu'en le perdant on changeait d'époque. Et de France. On pouvait dire adieu au panache. Au revoir l'Industrie, la si belle noblesse de produire, par exemple, des autos et des avions, les plus beaux du monde ! Une certaine Finance allait prendre le relais, celle qui découpe les ambitions pour les vendre par appartements. Pauvre Colbert (1619-1683) le créateur de nos manufactures ! Dans sa tombe il avait dû bien enrager de voir ainsi partir pour l'étranger notre chimie et notre pharmacie (Pechiney, Rhône-Poulenc), notre ciment (Lafarge) et tant d'autres joyaux nécessaires.

Celles et ceux que, dans le petit monde de la Finance, on appelle les nécrophages, les mangeurs de cadavres, une sous-espèce des moins ragoûtantes, ne s'y étaient pas trompés. Eux aussi avaient fait le voyage à Saint-François-Xavier. On les reconnaissait à certains détails qui ne trompent pas : s'ils pleuraient, sanglotaient presque, comme tout le monde, leurs narines palpitaient d'appétit et chez tous la lèvre supérieure s'était dressée, découvrant des dents acérées, d'une blancheur éclatante. Et on les avait vus, lorsque les portes de l'église s'étaient ouvertes, on les avait vus courir, jouer des coudes, se faufiler pour se rapprocher au plus près de l'héritier. Comme d'habitude, leur odorat de hyène les guidait. Ils avaient bien senti chez le fils du Capitaine, ce malheureux orphelin, ils avaient bien humé certaines fragilités qu'il serait bientôt très possible de changer en or voire en maison hors de prix dans la Villa Montmorency. Ceux, dont je suis, qui furent présents en cette triste matinée à Saint-François se souviendront toute leur vie des visages de ces jeunes gens, filles et garçons, car la rapacité ne connaît pas les genres. Le plus répugnant des mélanges : en haut ça pleure, en bas ça se pourlèche des gains à venir.

Et notre Breton ?

Bien sûr il était là, accompagné par sa compagne du moment, modestement installé à mi-hauteur sur la droite de la nef, et agité de tics nerveux car deux fois déchiré : par l'hypocondrie, sa vieille compagne, la terreur de mourir (la prochaine fois, si c'était mon tour ?), et par la jalousie (pourquoi tous ces gens semblaient-ils aimer ce Capitaine, tandis que moi, qui commence à peine mon parcours, on me déteste déjà ?).

On peut sans doute dater de ce jour-là, jeudi 20 mars 2003, l'idée d'investir dans la presse : plus je ferai comme lui, se répéta-t-il non sans raisons tout du long de la messe, plus je posséderai de journaux, donc de journalistes dociles, moins on osera dire du mal de moi. Il se pourrait même qu'à la longue, on finisse par m'aimer. Cette décision enchanta l'Ogre. Si bien qu'il ne put réprimer en sortant de Saint-François un grand sourire, hélas fort mal reçu par ses voisins endeuillés.

XVI

OÙ LA PREUVE EST FOURNIE QUE L'APPÉTIT ET LA RUSE N'EMPÊCHENT PAS TOUJOURS DE TOMBER SUR UN OS

L'Ogre, puisque sa nature d'ogre l'y contraignait, continua d'enchaîner les repas. Après des bateaux et des ports, il avait englouti une banque (Rivaud, spécialisée dans l'exploitation des matières premières des ex-colonies françaises et britanniques). Et avançait discrètement ses pions dans la communication et la publicité.

D'un autre de ses *chers amis* (et qu'à l'instar de tous ses autres chers amis, il considérait comme une proie future), ses proches lui avaient pourtant répété de se méfier. Martin Bouygues est breton, comme toi. Comme toi, il sait résister, et au besoin manœuvrer, voire mieux que toi. Et franchement, à quoi serviraient à ton Groupe une société, même géante, de... travaux publics et une chaîne de télévision ?

L'Ogre n'écouta pas (d'après des statistiques incontestables, quoique secrètes, de l'Organisation mondiale de la santé, tous les puissants sont durs d'oreille, et cette surdité s'aggrave au fur et à mesure que s'affirme leur puissance). Mais cette fois-là, l'Ogre eut beau jouer les voleurs chinois, actionner ses poulies et mobiliser ses alliés, ses parrains comme on les appelait, référence sicilienne oblige, la « cible » (selon l'expression favorite des banquiers d'affaires) demeura hors d'atteinte.

Cet heureux épilogue me donna des regrets ! Pourquoi, oui pourquoi n'avais-je jamais cédé aux sirènes affectueuses qui, régulièrement, me proposaient de venir les rejoindre dans l'une de leurs « boutiques » (tel était leur terme, plus chic que « banques ») ? Après tout, me répétais-je la nuit en me tournant et me retournant dans mon lit, tu as la formation requise (*cf.* mon doctorat et ce petit passage à la London School of Economics). Et mon bien-aimé oncle par alliance n'était-il pas Pierre Moussa, un homme de vraie culture, quoique inspecteur des finances, sincèrement tiers-mondiste, ancien P-DG de Paribas, créateur de Pallas ? À toutes les réunions de famille, il ne manquait pas de me prendre à part et de gentiment se désoler : pourquoi perds-tu ton temps, et ton argent, au Conseil (d'État) ? De ce seul sonnant et trébuchant point de vue, il avait raison. Même si la vente de mes livres complétait, de temps à autre, mes émoluments modestes de juge administratif. À certains moments de faiblesse, je me disais qu'empocher tous les deux ou trois mois l'équivalent d'un prix Goncourt ne pourrait pas faire de mal...

Sans une banque « amie », en l'occurrence Rothschild & Co, ce Martin n'aurait pu résister aux assauts de l'Ogre. Les chevaliers blancs existaient donc, qui volaient au secours des plus faibles, même si, n'exagérons rien, il ne s'agissait jamais de veuves ni d'orphelins. Mais la preuve était faite qu'on pouvait exercer dans la noblesse ce beau métier d'affaires.

Hélas, je devais apprendre plus tard cette loi d'airain du monde « réel » : on s'enrichit bien davantage à dépecer qu'à défendre.

Les déceptions font partie de la physiologie du mangeur : il doit savoir les avaler. La digestion de l'échec Bouygues fut rapide. Dès le lendemain, l'Ogre, saluons sa santé et sa vitalité, remettait le couvert !

Toujours est-il que, depuis cet échec, les chauffeurs de l'Ogre s'arrangèrent pour éviter la portion du périphérique parisien comprise entre la porte de Saint-Cloud et la porte de Sèvres. La vision de la tour TF1, mât principal du vaisseau amiral Bouygues, continue d'irriter fort la gorge de leur patron. Déjà, le pauvre chéri, qu'il est allergique au pollen !

XVII

OÙ, CÉDANT AU SYMPTÔME PSYCHIATRIQUE BIEN CONNU, L'OGRE SE PREND POUR NAPOLÉON

Pour toutes celles et tous ceux qui veulent en savoir plus sur la voracité, gardez en esprit le précepte de feu Antoine Bernheim, notre maître, le banquier des banquiers, patron de Lazard des décennies durant : « On saisit les opportunités et ensuite on dit que c'est stratégique. »

Il était une fois le surnommé J6M, Jean-Marie Messier Moi-Même Maître du Monde, président d'un groupe appelé Vivendi (génitif *vivendus* du verbe latin *vivere*, vivre, être en vie). Cet homme de bon sens quoique (ou parce que) de folle ambition avait voulu rapprocher les deux parties de sa société : celle qui fabriquait les tuyaux (les télécommunications) et celle qui produisait les contenus passant par ces tuyaux (Canal +, les créations des artistes d'Universal).

Pour le punir de cette intuition trop évidente, et aussi de certains résultats comptables décevants, voire catastrophiques, ledit président avait été viré au début de l'été 2002.

Profitant du désordre qui s'était ensuivi, et de sa virtuosité des poulies, désormais sans égale, l'Ogre s'immisça dans cette Vivendi et en grignota lentement mais sûrement le capital.

Pour finir par s'installer dans le bureau présidentiel, tout en haut de l'avenue de Friedland, au numéro 42, pour être précis.

Moment décisif dans la biographie de l'Ogre !

Imaginez le vertige qui le prend.

Mes ancêtres emballaient du tabac, donc de la fumée. Moi, grâce aux *œuvres* que je propose, filmées, chantées, écrites, parlées, je vais imposer des *valeurs* ! Feu mon oncle, le héros du 6 juin 1944, sera fier de moi.

L'Ogre ne se lasse pas de rêver devant cet Arc de triomphe qui lui fait face.

Friedland, Friedland, victoire de notre empereur contre les Russes, le 14 juin 1807.

Et maintenant, prends garde à toi, jeune Lagardère, juste de l'autre côté de notre place de l'Étoile commune ! Tu aimes trop ton train de vie, tu es beaucoup trop endetté, tu auras beau faire, toi aussi je vais te dévorer, mon loulou !

XVIII

OÙ L'ON VOIT L'HUMOUR DE NOTRE CRÉATEUR (BÉNI SOIT-IL !) UNE NOUVELLE FOIS VÉRIFIÉ

Lorsque votre réputation grandit, lorsque enfle une rumeur dans Paris selon laquelle vous seriez un nouveau Mozart (un *Mozart de la Finance*), les banques vous font des yeux de plus en plus doux : intelligentes comme elles sont dès qu'il s'agit d'argent (puisque c'est leur métier), elles ont bien deviné qu'elles gagneraient gros à vous accompagner.

Cet intérêt tombe bien puisqu'il est aussi le vôtre : vous avez beau être Mozart, vous ne pourrez pas rester longtemps seul si vous voulez étendre votre répertoire (en langage d'ogre, si vous voulez avaler des proies plus grosses). Votre habileté dans le maniement des poulies ne suffira pas. Il vous faudra d'autres compétences, par exemple dans le domaine hautement technique des *fusions-acquisitions* et de leur corollaire maffieux, l'*optimisation fiscale*.

Mais à quel établissement financier unir son destin ? Notre Breton savait que cette décision était la plus grave de toute son existence d'ogre. Sans commune mesure avec la folie de se marier. Votre banquier connaîtra TOUT de vous, même vos rêves les plus inavouables. Cette incomparable intimité, dont nulle compagne, même la plus *fusionnelle*, de lit et de salle de bains n'approchera, peut, à la seconde, virer à l'assassinat si surgit le moindre conflit d'intérêts, le manque de considération le plus imperceptible, un sourire trop appuyé à une trop proche collaboratrice, la surenchère d'un concurrent.

Bref, quel *complice* l'Ogre allait-il choisir pour l'appuyer dans ses conquêtes ?

Pour tout vous dire, mon enquête piétinait. La Finance est un univers, innombrables sont ses officines. Et plus leurs pratiques sont douteuses, moins il est facile d'y pénétrer.

Sans l'arrivée miraculeuse de Mercédès, nul doute que j'aurais abandonné.

Le Seigneur devait avoir Son dessein. Même si, comme nous savons, Ses voies sont impénétrables, il n'est pas sans saveur de remarquer qu'Il (loué soit-Il !) a usé d'une plateforme numérique généralement vouée au sexe pour améliorer la vertu de notre économie. Sans l'humour de notre Créateur, qui supporterait Sa création ?

XIX

PORTRAIT

D'origine espagnole, mais blonde.

Blonde, mais la peau mate comme bronzée par un été permanent.

Mercédès, mais femme (ô combien), et non voiture allemande.

Banquière (d'affaires) et donc fort bien payée, mais hantée, de plus en plus souvent, par la culpabilité, une torture intime que sa nature libre n'avait jusqu'alors jamais éprouvée.

Accompagnée, si l'on peut dire, d'un homme devenu au fil du temps de plus en plus indifférent, envahi qu'il était par son métier de « conseil », conseiller qui, conseiller comment, conseiller pour quoi et de quel droit, allez savoir !

Deux fois mère (ô combien) et même maman, aussi « dure en affaires » (comme on dit) que militante proclamée de la tendresse (dans la « sphère familiale »), une maman qui, regardant dormir ses deux bambins (cinq et huit ans), s'interrogeait de plus en plus souvent : et si, quand ils auront grandi, leur venait la honte de leur mère ?

Mercédès visitée la nuit de rêves d'elle-même déguisée en Wonder Woman mi-sexy mi-lanceuse d'alerte.

Professionnelle de l'argent (par suite, je le répète, grassement payée, oh ces primes de fin d'année !), mais submergée, surtout le samedi matin, par des images de sa future maison toute simple perdue dans la campagne, se voyant gambader pieds nus sur l'herbe, habillée de coton bio, le corps épanoui car nourri par circuits courts, et l'âme exultante car emportée dans une quête éperdue d'authenticité et de sobriété, les deux mamelles de la double santé, la sienne et celle de la planète.

Ayant, de par son métier, la possibilité de croiser bien plus d'hommes séduisants qu'elle ne pourrait jamais en consommer, elle s'était toujours refusée à ces facilités de rencontres que permet la modernité. D'où lui vint cette idée, un certain jeudi soir, de s'inviter sur la plateforme Meetic ? Sûrement pas la frustration. Alors, une petite vague de solitude ? L'envie de trouver une oreille attentive à ses scrupules à continuer à gagner autant d'argent sans utilité sociale aucune ?

Les conteurs professionnels le savent. ILS DOIVENT RÉSISTER AUX DÉLICES DE LA DIGRESSION ! Sinon, les lecteurs et les auditeurs perdent le fil. À son vif regret, votre narrateur s'oblige à oublier de ladite Mercédès les aventures parallèles. Quelque chose me dit qu'elles vous auraient plu, notamment par leur inventivité. Quand on excelle dans l'*optimisation*, fiscale ou juridique, on sait toujours trouver du neuf, de l'inconnu, de l'illégal ! Si, néanmoins, vous êtes de celles et ceux que le sexe intéresse plus que la Finance durable, prenez contact avec l'éditeur de votre narrateur (5, rue Gaston-Gallimard, 75007 Paris). Une version non expurgée de ce petit conte vous sera envoyée sans frais.

XX

DE LA SAUVAGERIE (I)

À peine cette Mercédès eut-elle envoyé son appel sur la toile qu'un déferlement lui répondit. Devait-elle en remercier sa photo, plutôt sage, une grande blonde en short court et tee-shirt bleu qui prouve la longueur de ses jambes en se montrant assise sur le siège roulant d'un bateau très étroit (un deux de couple, pour ceux qui connaissent l'aviron) ? Ou fallait-il plutôt féliciter son pseudo, pourtant pas terrible, qu'elle avait tapé sans réfléchir, *desirdanimal* ?

Le fait était là, le monde s'ouvrait pour elle, cent soixante-dix messages dans la première minute.

Desirdanimal... Avec un tel patronyme, il ne fallait s'attendre à du délicat. Une horde de mâles offraient leurs services, *cornederhinoceros, taureaupermanent, gareaugorille* et autres *tigredu93, louprecidiviste, trompedacier*...

On comprend que, dans ce flux de virilité brute, *1001nuits75* ait retenu l'attention de notre banquière. Un triple zeste de mystère, d'Orient et de culture ne pouvait qu'émoustiller Mercédès. On a beau s'amuser de ces sauvageries, on reste civilisée.

Quant à votre narrateur, alias *1001nuits75*, n'allez pas voir en lui un habitué de ce genre de plateformes ! Il continuait de préférer les rencontres à l'ancienne. Beaucoup, beaucoup moins d'opportunités mais, en échange de cette rareté, la délicieuse lenteur d'un penchant qui peu à peu s'affirme : serait-il possible, serait-il Dieu possible que son sourire de la semaine dernière prouve l'existence en elle d'un certain goût de moi ? Alors, comment expliquer son pianotage de ce fameux jeudi soir ? L'appel du destin ? La mission d'un Créateur de plus en plus scandalisé par les pratiques en cours chez certaines de ses créatures ?

Bref, une connexion fut établie. Et suffisamment prolongée pour convenir d'un rendez-vous : demain 17 h, devant la cage aux félins, Ménagerie du Muséum national d'histoire naturelle, 57 rue Cuvier, Paris 75005. Mercédès me confia plus tard qu'avaient éveillé son intérêt cette capacité chez moi d'aligner deux phrases sans trop de fautes d'orthographe et surtout, contrairement à tous mes concurrents, une certaine délicatesse du propos, une aptitude à ne pas aborder tout de suite le vif du sujet.

Desirdanimal arriva juste à l'heure dite, et presque identique au cliché proposé par Meetic, seulement les jambes cachées par un jean, mais la même casquette de sportive et la même queue-de-cheval.

Un homme qui renseigne gentiment une famille blottie devant la cage des lions, ce ne peut être que lui, se ditelle. Moi, je ne l'avais pas encore vue. Elle en profita pour m'examiner. Après tout, évaluer vite le *potentiel* d'un dossier était dans sa compétence. De bas en haut : chaussures New Balance noires, jean, ceinture en corde tressée, chemise très blanche, veste bleu marine, genre blazer mais Dieu merci sans boutons dorés. Pour la taille, pas du tout formidable, très très moyenne, pour ne pas dire petite. Je dirais 172, 173 centimètres. En revanche un bon point : les joues bien rasées, au lieu de cette barbe de cinq jours, comme ont maintenant tous les jeunes, et qui vous râpe si fort quand ils embrassent. Des mains, très important, les mains, longues et soignées, piano dans son enfance ? Et maintenant, l'âge. Aïe ! Plus de soixante ! On a beau dire que les vieux sont plus doux, d'abord ce n'est pas toujours vrai et on ne vient pas sur Meetic pour de la seule gentillesse. Je m'en vais ? Trop tard, il m'a souri. Bon sourire et des yeux clairs. Qu'est-ce que je risque ? Je me lance et m'avance, j'avais oublié que mon cœur pouvait battre.

— Bonjour, c'est moi !

— J'avais deviné. Bienvenue au Jardin des plantes !

Et c'est ainsi, par la voie miraculeuse d'une gaieté commune, que le virtuel du net céda la place au réel de la vraie vie.

Ils se promenèrent devant les cages. Un à un, *1001nuits75* lui présentait les pensionnaires. Hyènes, lions, tigres, panthères...

— Vous venez souvent ? demanda la jeune femme.

— Depuis l'enfance ! Ma mère s'excusait de ne pas m'avoir enfanté animal.

Ils se regardaient, s'évaluaient du coin de l'œil, l'esprit ailleurs. *1001nuits75* proposa de continuer la visite une autre fois. Pas besoin d'aller jusqu'aux reptiles. Bon signe, se dit la dame, pas si fréquent, un homme qui s'aperçoit qu'une femme commence à s'ennuyer.

— Je peux vous montrer autre chose ?

Et sans attendre sa réponse, il lui posa sur le bras une main plus légère qu'une plume et l'entraîna de l'autre côté du Jardin, vers le bâtiment de minéralogie. Un manège les y attendait, oui, un manège à l'ancienne, une plateforme dorée qui tourne et tourne, accompagnée par une musique aigrelette, pour le plus grand plaisir des tout-petits. Ils se glissèrent parmi les parents.

En lieu et place des habituelles voitures de pompier, bolides miniatures et autres fusées de Tintin, les enfants avaient pris place dans de drôles de bêtes aux formes étranges.

— Vous les reconnaissez ? chuchota *100nuits75* à l'oreille de sa nouvelle amie.

— Le gros oiseau qui passe, avec la petite fille sur son dos, ne serait-ce pas, comment s'appelle-t-il déjà ? Oui, un dodo de l'île Maurice !

La main plus légère qu'une plume serra son bras.

— Bravo ! Et l'autre, le monstre verdâtre à très long cou crénelé ?

— Un nom qui finit par ops, forcément...

— Encore bravo ! Un tricératops. Entre la tortue à corne et l'æpyornis de Madagascar. Mais mon préféré c'est celui-là !

Passait devant eux un incroyable mélange d'élan et de girafe.

— Le sivatherium.

— Quel savoir ! Vous devez être un habitué !

— Beaucoup plus que d'internet ! Le manège des animaux disparus. Un jour, j'y prendrai ma place.

Elle éclata de rire et à son tour lui saisit le bras.

— Allons, allons ! J'ai bien vu comme vos yeux brillent. Je vous sens très vivant ! Et je suis sûre que vous avez en magasin un beau café, où vous entraînez vos rencontres après les avoir émerveillées. Ce grand voyage dans le temps m'a donné soif.

Une fois assis à l'angle des rues Linné et Cuvier, tout contre une fontaine où s'abreuvait un lion, ils finirent par se présenter, comme c'est d'usage au premier rendez-vous :

— En vrai, je m'appelle Mercédès.

— Et moi, je suis Erik.

Ils hochèrent la tête.

— Enchantée !

— Enchanté !

Ils ne se quittaient pas des yeux.

Par trois fois, le serveur dut leur demander s'ils « reprenaient quelque chose ». Les deux n'écoutaient plus rien que cette chanson en eux, cette interrogation douce et lumineuse : serait-ce possible ? Quoi donc ? Un bonheur.

Peut-être pas pour la vie, mais qu'importe. Et de quelle sorte, ce bonheur ? On verra bien. Quoi qu'il en soit, merci Meetic !

N'était cette malédiction, *la différence d'âge*, la rencontre se serait peut-être banalement prolongée à l'hôtel. Mais *1001nuits75*, je veux dire votre narrateur, avait, non sans mal, fini par admettre que trois, voire quatre décennies d'écart vous interdisent ce vertigineux car réciproque embrasement des corps qu'on appelle l'amour. Quand des enthousiasmes le prenaient, le souvenir d'une terrible toute petite phrase de Beaumarchais suffisait à lui rendre la raison : « Ayant passé l'âge de plaire, je dois fuir le malheur d'aimer. » Il proposa donc à *desirdanimal* l'option trop bien connue :

— Et si nous devenions amis ?

Mercédès le regarda en souriant.

— Pour cela, il faudrait que vous me juriez de n'être pas jaloux...

Elle lui prit la main, qu'elle trouva très douce.

— ... J'ai déjà beaucoup de sympathie pour vous. Pas question de vous faire souffrir !

1001nuits75 sourit à son tour.

— Jaloux, bien sûr ! Et même furieusement. Comme tout le monde ! Mais j'ai cette particularité : je suis plus curieux que jaloux.

— Expliquez-vous. J'ai peur de comprendre.

— Je dois avoir une particularité de l'oreille. Chez moi, le plaisir d'entendre est toujours plus fort que la douleur d'apprendre. Ou si je puis me permettre un mode d'expression plus familier : je prends mon pied quand on me raconte.

— Dites-moi, vous ne seriez pas un peu pervers, vous ? D'ailleurs pourquoi pas ? Cette... originalité aurait-elle un lien avec votre profession ?

— Oh, je crains de vous décevoir : je ne suis qu'un reporter.

— Magnifique ! Pour quel journal ?

— Pour moi tout seul ! Le plaisir d'égayer ma retraite. Vous savez bien que la presse est aujourd'hui la propriété d'industriels : à quoi sert d'enquêter pour eux, s'ils vous interdisent de publier ce qui les gêne ?

Pour un peu, *desirdanimal* embrassait *1001 nuits75*.

— Vous ne pouviez pas mieux tomber ! Ma coupe est pleine ! J'ai, moi aussi, besoin de révéler des choses. Autant vous l'avouer, au risque de vous dégoûter, je suis banquière.

— N'ayez pas peur, j'ai rencontré pire !

— Oui, mais banquière... d'affaires.

— Alors peut-être connaissez-vous l'ogre sur lequel j'enquête ?

— Sans doute ! Notre métier, c'est justement d'aider les ogres à dévorer !

Il se pencha vers son oreille droite, et murmura cinq syllabes, deux pour le prénom, trois pour le nom.

Elle éclata de rire.

— Si je le connais ! L'un de nos clients les plus exigeants ! Mais sans doute le plus rentable. Vous appelez un taxi ? Vous qui semblez aimer l'histoire naturelle, je vais vous montrer une autre ménagerie. Car vos petites bêtes, franchement, vos tigres et vos lions...

— Qu'est-ce qu'ils ont, mes animaux ?

— À force de tourner en rond... Bien sûr, parfois ils montrent leurs dents, mais c'est plutôt pour bâiller, non ?

Les embouteillages du périphérique leur donnèrent tout loisir de compléter quelque peu la connaissance qu'ils avaient l'un de l'autre. D'autant que le confort de leur « carrosse moderne » (une Lexus de la compagnie G7) prêtait aux confidences. Mercédès était d'humeur joyeuse.

— Avec tout ça, j'ai forcément envie d'en savoir plus sur vous !

Le narrateur expliqua son projet d'enfance, devenir Tintin reporter pour rien de moins que chasser les méchants de la Terre. Entre la porte d'Orléans et la porte de Vanves, il expliqua, en deux mots, pour continuer de ne pas ennuyer, que lui aussi avait quelques connaissances en économie. Cette découverte ravit Mercédès. On a beau dire que les contraires s'attirent, un peu de ressemblance rassure. Tout en longeant Issy, ils s'accordèrent sur cette vérité d'évidence : rien n'est plus stupide et irresponsable, juste pour être élu président de la République, que proclamer : « La Finance, voilà l'ennemi ! » La Finance, c'est l'alliée des rêves, n'est-ce pas ? Bien sûr ! Elle et elle seule peut les changer en possibles. Ils roucoulèrent ensemble : bien d'accord ! La Finance doit être un *moyen*, jamais *une fin* ! Exactement ! Vous connaissez la meilleure définition de l'argent ? Le meilleur des serviteurs, le pire des maîtres. Discrètement, pour les accompagner, le conducteur avait monté le son, une salsa, sans doute Radio Latina.

— Maintenant, je brûle de savoir où nous allons !

— Puisque vous m'avez dit apprécier les récits...

Et comme ils traversaient la Seine, Mercédès entreprit de raconter.

XXI

HISTOIRE D'UNE VILLA

« Il était une fois la comtesse de Boufflers. Quelque chose me dit, commençant à vous connaître, que son histoire va vous plaire. Dans sa demeure précédente, l'enclos des Templiers, au cœur de Paris, ladite comtesse avait donné les fêtes les plus prisées des Lumières pour la meilleure des raisons : on les finissait souvent dévêtu. Raffolaient de ces parties fines le prince de Conti, protecteur de Marie-Charlotte ; l'encyclopédiste Denis Diderot, toujours accompagné de sa Sophie ; l'Écossais philosophe David Hume ; l'Allemand Paul Thiry, baron d'Holbach, auteur du très sulfureux *Christianisme dévoilé*, et son compatriote diplomate-musicologue Friedrich Melchior Grimm ; Erik Magnus de Staël, ambassadeur de Suède, le Genevois Jean-Jacques Rousseau... La liberté, la diversité et la qualité des fréquentations de l'hôtesse lui avaient valu le qualificatif envié de "cosmopolite par le bas du ventre".

« L'âge lui venant, et peut être aussi la peur de l'enfer, la comtesse s'était éloignée des tentations en achetant un terrain dans le village d'Auteuil. Son amant Conti venait souvent la visiter, ne manquant jamais d'apporter une bouteille de sa vigne de Bourgogne. Et c'est en buvant cet incomparable romanée qu'ils se rappelaient leurs folies passées.

« Hélas, tournent les horloges. Le très vulgaire XIXe siècle eut tôt fait de balayer ces élégances du corps et de l'esprit. La terre fut lotie. Et devint Villa Montmorency. »

Quel plus grand bonheur qu'une femme *qui raconte* ? Ses mots vous pénètrent un à un, par tout le corps. S'il s'agit d'engendrer de l'émoi, le grain d'une voix de femme vaut largement celui de sa peau. Et pour un narrateur professionnel, quelles vacances délicieuses lorsqu'un, une autre que vous se charge de l'histoire !

Merci à cette Mercédès ! Depuis le temps que je voulais en savoir plus sur cette enclave mystérieuse. Nous profitâmes d'un moment d'inattention du couple de concierges pour nous glisser entre les grilles.

On aurait dit Deauville, le pire des bords de mer. Des villas hétéroclites, quelques-unes modestes mais la plupart immenses, tous les styles mêlés, du mini-château avec échauguettes et tourelles au simili-bunker, celles que l'on appelle, les yeux baissés en signe de respect, « maisons d'architecte », chacune dotée d'arbres, réunis en jardinet ou dispersés dans de véritables parcs.

— Ici vit Sylvie Vartan, quand elle n'est pas à Los Angeles. Là, séjourna quelque temps Céline Dion. Un peu plus loin, Victor Hugo, vous vous rendez compte ? Au bout de l'avenue, son confrère André Gide. Et Bergson, si vous préférez la philosophie. Il aurait pu croiser Rika Zaraï...

Son excitation ne faiblissait pas. Elle accélérait l'allure. Je la suivais tant bien que mal, d'abord amusé, puis de plus en plus effrayé. Décidément cette grande blonde abritait de nombreux personnages.

— Merci pour la visite ! Quelle guide vous êtes ! Vous venez souvent ?

— On a tous son royaume enchanté, non ? Et ses héros ! (Elle haussa les épaules.) En fait, mes raisons sont d'abord professionnelles : dans ce paradis vit une bonne part de nos clients, les très riches. L'autre part étant occupée par leurs parasites, je veux dire nos concurrents, les banquiers d'affaires.

Elle s'arrêta net et, soudain chuchotante, montra du bout de son index, au loin, un bouquet d'arbres.

— La demeure parisienne de votre Ogre. Il possède aussi un château en Bretagne...

— Je connais.

— Alors vous savez qu'il ne l'ouvre que l'été, pour les joyeuses retrouvailles familiales. Le reste du temps, ses affaires se fomentent ici. Maintenant, il vaut mieux nous en aller. Les gardiens vont finir par nous repérer. Et votre curiosité est charmante, enfantine même, mais pas très discrète !

— Pardonnez-moi ! Vous croyez que je pourrais trouver un poste de guet ?

Que voulez-vous dire ?

— Un studio en hauteur, dans une rue voisine. Pour

m'imprégner des lieux. Je ne comprends les choses qu'en apprenant leur géographie.

— Essayons ! Quelque chose me dit que vous avez de la chance, dans la vie !

— Vous avez raison ! Mais comme disait Pasteur, la chance ne sourit qu'aux esprits préparés.

XXII

OÙ LE MOMENT EST VENU DE RENDRE HOMMAGE, NE SERAIT-CE QU'EN PASSANT, AUX PROFESSIONNELLES DE L'IMMOBILIER

Gloire à l'agence Century, 110 avenue Mozart (téléphone 01 42 15 16 21), et à sa directrice !

— Résumons votre demande, pour être sûre de bien comprendre. Un pied-à-terre mais plutôt près du ciel. Et dans le quartier ? Seulement rue Poussin ? Parfait ! Quel bonheur, des clients qui savent ce qu'ils veulent ! Attendez. Il vient justement de me rentrer un bien. Au numéro 11. Oui, exactement ce qu'il vous faut. Voilà : cinquante mètres carrés entièrement meublés par un décorateur, cuisine américaine, chauffage par le sol, écran plat dans les deux pièces, balcon paysager, vous voulez des photos ? Deux mille cinq cent cinquante, charges trois cents, quatre mois d'avance.

— Quel étage ?

— Sixième ! Vue imprenable sur la Villa. Bien sûr, ascenseur. Disponible, attendez que je vérifie, dès lundi en huit. Que vous êtes mignons, tous les deux ! D'habitude, pour ce genre de studio, je n'ai affaire qu'à des hommes seuls. J'oubliais : on ne m'a fait jusqu'ici que des compliments sur le grand lit.

— Ce n'est pas ce que vous croyez, tint à préciser Mercédès. Monsieur viendra regarder.

Mme Century nous considéra, longuement. Envieuse, à l'évidence. Pour un peu, elle nous proposait des services tout autres qu'immobiliers. Il faut comprendre les professionnels de ce secteur. À toujours rendre possibles les fantasmes de la clientèle, parfois leur frustration vire à l'insupportable.

XXIII

DE LA SAUVAGERIE (2)

Le lundi matin de la semaine suivante, nous nous retrouvâmes rue Poussin, comme prévu.

À peine installés sur notre balcon, à peine déployée la complice de tous mes guets, l'incomparable longue-vue Zeiss Victory (23-70 × 95 mm), nous vîmes le spectacle commencer. On aurait dit qu'il n'avait attendu que nous. Dans la Villa, avenue des Marronniers pour être précis, des costauds vêtus de noir débarquaient d'un gros camion, avec d'infinies précautions, ce qui semblait à première vue une planche, oui une planche de belle taille, cinq bons mètres de long sur trois de large. On pouvait se demander : pourquoi tant de soin pour une simple surface de bois ? À mieux y regarder, on distinguait de petits bâtiments en relief, comme une ville, oui, une ville miniature.

— C'est la maquette, expliqua Mercédès. La maquette de l'entreprise convoitée. Bien sûr, les ordinateurs sont capables de présenter tous les chiffres, tous les personnels, tous les bâtiments, mais l'Ogre est un ogre. Il est comme les enfants, il veut pouvoir regarder « pour de vrai », il veut toucher du doigt, de la paume, des deux mains, la proie qu'il s'apprête à dévorer. Pour un peu, il y planterait les dents.

— Et quelle est sa proie, aujourd'hui ?

— Attendez que je la reconnaisse. Aidez-moi. Vous me prêtez votre longue-vue magique ? Ces toutes petites choses, un peu partout, ne seraient-ce pas des livres ? Oui ! C'est bien ce que je devinais. Des montagnes de livres ! Notre plus beau deal ! Un morceau de roi ! Une maison d'édition, Hachette, créée en 1826, maintenant la première de France, la deuxième d'Espagne, la troisième du monde. Telle est notre cible, la plus belle depuis des années ! J'ai honte de vous l'avouer mais notre banque a reçu pour mission juteuse de la vendre au plus offrant.

— Quelle horreur ! ne put s'empêcher de commenter naïvement votre narrateur.

— Et maintenant, voilà l'Ogre ! Je vous rends votre lunette. Quelle optique ! On a beau dire, la technologie allemande... Regardez-le, tout sourire, il s'approche ! On pourrait le toucher. Voyez comme ses yeux brillent ! Et ses dents, trop pointues pour être honnêtes, non ? Il devrait se les faire limer. Ça, on ne peut pas dire qu'il manque d'appétit, malgré son âge, soixante-dix ans déjà !

— Et à côté, trop bronzé, avec des allures de vieux jeune homme ?

— Lui, c'est l'héritier du Capitaine, Lagardère. C'est lui qui a ouvert à l'Ogre la porte de cette malheureuse Hachette.

— Mais quelle est cette femme immense ? Une basketteuse ? L'héritier lui serre la main si fort qu'elle grimace.

— Il a toujours choisi des géantes, comme souvent les fils qui veulent se grandir par rapport à leur père.

— Vous ne seriez pas un peu psy ?

— Mon métier m'y oblige.

— Attendez, voici qu'arrive un troisième larron, plutôt rond, barbu et souriant ! Moi, il me rassurerait plutôt.

— Et vous auriez tort ! C'est le pire de notre corporation. Vous imaginez sa voix ? Melliflue, la suavité du miel. L'exemple même de la fausse douceur. Le Nobel de la mauvaise foi, d'autant qu'il se pique de culture. La quintessence du banquier d'affaires. Son père était médecin, l'un des plus inventifs de sa corporation, toujours à la recherche de nouveaux moyens pour arracher ses patients à la douleur de vivre. Par exemple, il pratiquait l'hypnose. Son fils aussi hypnotise, mais lui, c'est pour avaler.

Nous revînmes au petit salon où, sur la table basse, schémas très simples à l'appui, Mercédès m'expliqua les principes de l'économie moderne. Depuis le temps que j'avais décroché mon doctorat, j'avais perdu le fil. Une mise à jour s'imposait.

— Erik, écoutez-moi bien. Et ne confondez JAMAIS deux catégories ! D'un côté, *les entrepreneurs,* autrement dit, des créateurs : des hommes et des femmes qui se battent pour offrir au plus grand nombre possible des biens et des services jugés utiles, à tort ou à raison. Ces hommes et ces femmes ont des alliés, des alliés nécessaires car sans eux, sans leur financement, pas d'entreprise. Ces alliés nécessaires, on les appelle « banquiers », banquiers tout court. Et si on ouvrait cette bouteille ? Ça donne soif, l'enseignement !

Sitôt achevé son verre de chablis Fourchaume, Mercédès poursuivit sa leçon.

— De l'autre côté, il y a les *ogres*. Ceux qui trouvent beaucoup trop difficile de créer une entreprise. Ils préfèrent attendre. Dès que l'une d'entre elles donne des signes de faiblesse, hop, l'ogre se jette dessus. C'est pour cela que les ogres, dans la classification de Linné, sont appelés *nécrophages*, au même titre que les chacals, les varans chez les lézards, les dermestes ou les silphes chez les insectes, toutes ces bêtes qui se nourrissent de cadavres.

— Mais alors, quel est le rôle de ces banquiers... d'affaires ?

— On pourrait aussi les appeler bouchers, s'ils méritaient ce beau titre. Ils découpent en morceaux la proie, je veux dire l'entreprise, pour que l'ogre puisse l'avaler plus agréablement. On appelle cette activité les « fusions-acquisitions ».

Nous regagnâmes notre balcon. Victory, ma longue-vue, ne savait plus où donner du regard. Villa M, ça continuait de charcuter ferme !

— Et ces robes noires, qui s'agitent autour de la pauvre maquette ? Elles battent des ailes comme des volatiles !

— On appelle ça des avocats ! Des avocats... d'affaires.

— À quoi servent-ils ?

— À vérifier que tout cela est bien légal. Les ogres détestent aller en prison.

— Légal, légal, ça me rappelle quelque chose ! Ah oui, Lego. Légal, Lego, c'est le même jeu, au fond !

— Bravo, bien deviné !

— Et comme ils quêtent un regard de l'Ogre ! On dirait qu'ils mendient son attention. Et comme ils s'agitent ! On dirait qu'ils picorent. Vous ne trouvez pas qu'ils ressemblent à des corbeaux ?

— Mais CE SONT des corbeaux ! Vous ne les avez pas reconnus ? Ils auraient toute leur place dans une des cages de votre chère Ménagerie, en compagnie des vautours.

XXIV

VOCABULAIRE (2)

Je ne sais pas vous, mais moi, pour bien me fixer les idées, je reviens toujours au sens des mots. Une fois de plus, j'ouvris le dictionnaire de l'Académie, mon plus fidèle compagnon. Pour y découvrir que le terme « investissement », activité légitimant la finance, vient du latin *investire*, « revêtir ».

On pouvait en déduire qu'un pays privé d'*investissements* avançait sans vêtements, donc nu, pour affronter la concurrence.

Et si l'on prolongeait le raisonnement, notre France investissait-elle assez, par exemple, dans l'éducation et la recherche ?

Un autre mot s'invitait dans la démonstration, celui de « confiance » (étymologie, elle aussi latine : *cum*, « avec », et *fidere*, « fier », « se fier à quelque chose ou à quelqu'un »).

L'*investissement* ne peut naître que s'il y a *confiance* et c'est lui, l'*investissement*, et lui seul, qui apporte la preuve que cette *confiance* était justifiée.

Mercédès avait raison : l'économie était affaire de bon sens.

Une trop grande sophistication cachait souvent la volonté d'enfumer le bon peuple.

XXV

LE POUVOIR ET L'ARGENT

Mais quel était donc ce petit homme ? Derrière des jumelles, il scrutait lui aussi la Villa M. Nous nous rejetâmes en arrière. Trop tard, il nous avait repérés et, grand sourire aux lèvres, nous saluait. Comment ne pas le reconnaître ? Cinq ans durant, de 2002 à 2007, on l'avait vu partout, son énergie de faune, sa course sans fin d'une crise à l'autre. Oui, c'était bien lui, Nicolas Ier ! L'ancien président de la République scrutant la Villa M depuis l'appartement de sa femme ! Quelle plus belle occasion d'aborder la question délicate des relations entre les responsables politiques et l'argent ? N'était-il pas un proche ami de l'Ogre ? Invité privilégié de son yacht *Paloma*, soixante-cinq mètres (trente-quatre de moins, tout de même, que son rival *Christina*, l'embarcation estivale d'Onassis).

Suivit, entre Mercédès et moi, l'une de ces conversations délicieuses où chacun apporte sa part.

Le cas extrême du général de Gaulle fut rapidement évoqué. Ça ne se trouve pas sous les sabots d'un cheval, un président qui pousse l'honnêteté jusqu'à payer de sa poche les timbres collés sur sa correspondance personnelle.

L'exemple de son successeur méritait plus d'attention. Car banquier il fut, avant d'être nommé Premier ministre. Et banquier d'affaires. À ce titre, la Villa M lui était dévolue. D'ailleurs, au 33 de l'avenue des Marronniers, bien cachée sous le lierre de la façade, une plaque de marbre lui rend hommage :

À L'ENFANT DE MONTBOUDIF (1911-1974),
L'UN DES NÔTRES,
SES CONFRÈRES RESPECTUEUX

Mais ne nous y trompons pas. Jamais Claude et Georges Pompidou ne cédèrent aux sirènes de cette Villa, malgré les pressions, dont certaines s'apparentaient fort à du chantage (« Un associé gérant de notre établissement SE DOIT d'habiter là, ne serait-ce que pour rassurer notre clientèle choisie »). Pour affirmer leur indépendance, ils choisirent leur domicile dans une île, entre deux bras d'un fleuve, et sur un quai, comme le rappel d'un départ toujours possible. Leur passion pour l'art moderne n'avait surpris que ceux qui ne les connaissaient pas : Céline Dion et Rika Zaraï exceptées, jamais aucun artiste n'habita la Villa M.

Le cas de Valéry Giscard d'Estaing fut vite expédié : un enfant à qui sa mère donne pour mission de gouverner la France n'ira se salir dans aucune autre activité humaine. La Finance, au pire, on l'inspecte, en gardant ses distances. On a l'esprit trop ailleurs, obnubilé par le sommet.

Celui-ci atteint, on y donne le meilleur de soi-même. Une fois remercié, on se ronge. Pas de place pour la Banque, dont le rôle est plutôt de ronger les autres.

L'heure était venue de passer à plus complexe : François Mitterrand.

Sur notre balcon, Mercédès scrutait toujours.

— N'oubliez jamais, cher Erik, que les ancêtres de ce Mitterrand fabriquaient du vinaigre. Comme ceux d'ailleurs du psychanalyste Lacan. On doit pouvoir trouver dans cette ascendance le lien entre le plaisir et l'acidité. Chez ces gens-là, on grimace en jouissant. Ou l'inverse.

Comme pour Giscard, la recherche de l'argent était considérée par François Mitterrand comme une activité trop vulgaire pour qui se veut mélange de Jaurès, Clemenceau ET Victor Hugo. De même qu'il n'avait de sa vie jamais touché le volant d'une automobile, se faisant le jour conduire par des amis et la nuit raccompagner par de gentes conductrices, il avait laissé à deux, trois proches la tâche pénible de devenir milliardaires et donc de le dégager des contingences, notamment celle de payer un café : oh pardon, je m'aperçois que je n'ai encore rien emporté ce matin ! Je vous en prie, Président ! Garçon, combien vous doit-on ?

De François Hollande, rien à dire. Et de ce silence bavard vint justement une bonne part de ses problèmes.

Avec le Nicolas et l'Emmanuel, deux parcours se croisent.

Le premier, militant politique depuis l'adolescence, attendait, non sans impatience, d'être libéré des palais publics pour se construire une retraite confortable, et qui le lui reprochera ? Rien de plus facile grâce au statut d'ancien président : cent mille euros la conférence, et des conseils d'administration à n'en plus finir.

Le second voyait au contraire dans la Banque le parfait véhicule pour se hisser vite jusqu'aux cimes du pouvoir. Il s'empressa donc de s'y faire embaucher. La banque d'affaires est, plus encore que l'avocature (d'affaires), le lieu le plus fertile pour se bâtir un réseau de relations, de celles que certains, trahissant le plus noble des mots, appellent *amitiés* alors qu'il ne s'agit que de vulgaire commerce, *je te fais gagner de l'argent, tu me donnes l'occasion d'en gagner davantage encore.*

De ces *réseaux maffieux*, on a une idée fausse : on les croit horizontaux, alors qu'ils sont *ascensionnels.* Un jour il faudra écrire, à l'usage des jeunes gens, un manuel expliquant le bon usage des ascenseurs. L'important dans ces machines merveilleuses n'est pas d'y monter bêtement pour s'épargner les fatigues de l'escalier. C'est de les renvoyer. Le renvoi d'ascenseur est l'outil premier, l'impulsion décisive, le *primum movens* de l'élévation sociale. Dès qu'un service vous a été rendu, vous vous empressez de renvoyer la pareille. Un peu comme au tennis, mais sans volonté de triompher de l'autre, avec pour seul objectif le profit commun.

Cette comparaison n'était pas venue à Mercédès par hasard. Le stade mythique de Roland-Garros était tout proche, à peine quelques centaines de mètres, de l'autre côté d'une porte (d'Auteuil) et d'une serre (du moins ce qu'il en restait). Il suffisait de tendre l'oreille et de fermer les yeux pour se croire assis sur les gradins et voir s'affronter Connors et McEnroe, Djokovic et Nadal.

Décidément, le tennis et la banque d'affaires avaient bien des ressemblances. Les deux activités vivaient d'*échanges* et de *coups*. Et si le banquier vainqueur ne brandissait pas la coupe, il empochait discrètement le *success fee*, la rémunération du succès.

— Bravo, Mercédès, bravo ! Grâce à vous, je comprends tout ! Décidément, dans le règne animal, les plus sauvages ne sont pas ceux qu'on croit.

XXVI

OÙ SONT ÉVOQUÉS, HÉLAS TROP BRIÈVEMENT, CERTAINS ÉMOIS VERTIGINEUX

Votre narrateur n'osait toujours pas avouer à Mercédès que le spectacle de sa trahison (la plus grande partie de ses jours ouvrables 100 % banquière, mais, quand ils se retrouvaient rue Poussin pour guetter la Villa, dynamiteuse du système) lui rappelait un bon moment de sa vie sexuelle, lorsque sa première femme, au beau milieu de certaines nuits, se collait contre lui et, sans prévenir, se mettait à conter par le menu l'une ou l'autre de ses infidélités, celle de l'après-midi même, ou celle du mois précédent, beaucoup plus torride, et pour cette raison révélée plus tard, comme si ce délai avait le pouvoir d'atténuer la violence du récit.

Pour cette raison (la crainte de révéler certains versants de ma personnalité), je me concentrai sur notre histoire.

— Alors, ça vous fait quel effet, de trahir, tellement trahir ?

Pour mieux réfléchir, elle plissa son joli front. Cette mine enfantine accrut l'attirance que, décidément, je ressentais pour elle. Je dus me retenir pour ne pas l'embrasser.

— En fait... avant de vous avoir rencontré, je trahissais

déjà. Et même à double titre. En m'acharnant à faire taire en moi deux petites voix. Celle qui me répétait : pourquoi restes-tu avec cet imbécile de mari que, bien sûr, tu n'aimes pas ? Et celle qui m'engueulait : tu n'as pas honte de gagner tant d'argent en pratiquant un métier inique ? D'ailleurs, ces sifflements, mes maudits acouphènes pour lesquels j'ai si souvent, toujours en pure perte, consulté...

— Eh bien ?

— Attendez que je vérifie ! Mais oui ! Merci, merci de m'avoir offert l'occasion de m'en rendre compte ! Ils ont disparu. Mes tympans ont retrouvé la paix.

— Au fond, Mercédès, vous avez juste extériorisé votre trahison. Vous vous trahissiez vous-même. Vous ne trahissez plus que votre banque. En bonne financière, vous avez gagné au change, ha, ha, ha !

Ma fine psychologie n'eut pas le succès escompté. Il n'est pas certain que Mercédès, malgré l'acuité retrouvée de son ouïe, l'ait même entendue. Car elle poursuivait l'exploration que j'avais encouragée.

— Vous voulez savoir ce que je ressens, c'est ça ? Par tout le corps, et pas seulement dans la tête ? Je n'y avais jamais pensé. Attendez que je m'observe. L'inconfort du grand écart... Ça me tire, oui, en bas du ventre, en haut des cuisses. Et je m'échauffe. N'exagérons rien, pas l'une de ces franches jouissances dont nous avons tous la nostalgie, mais un vrai plaisir tout de même, tel un cousin lointain de la même famille.

— Trahir votre employeur serait donc aussi d'ordre sexuel ?

— Exactement ! Même que parfois ça me remonte le long des vertèbres. Qu'ils me font rire à la banque : plus je les trahis, plus ils me portent aux nues. Aux nues, comment dire mieux ? Quelque chose me fait deviner que mon bonus de fin d'année va exploser les normes.

Elle se tut un moment, le temps de rêver. Et reprit.

— Mais ma vraie trahison est de ne pas m'occuper de mes enfants autant que je le devrais.

Je la regardai, plus admiratif que jamais.

Même si, mieux que d'autres, du fait de ma fréquentation assidue de ce cher Muséum, je savais la profusion du règne animal (environ huit millions d'espèces répertoriées à ce jour), je n'avais pas encore réalisé l'essentiel : le nombre de vies que vit une femme. Quel homme sait combien d'êtres il aime, ou déteste, en cette femme qu'il dit aimer ?

Et lorsque, sur le morne trottoir de la rue d'Auteuil, nous nous fûmes séparés, à la semaine prochaine !, je sens que ça va être long, une pensée me vint, scandaleuse mais fraternelle, tombée du ciel pour me tenir compagnie : la trahison est bonne pour la planète, il faut la protéger, et vous savez pourquoi ? Elle ajoute à la biodiversité. Car chaque personne est une planète. Cette incontestable vérité, vive la trahison !, oui, au sens strict, vive la trahison !, je me la répétais à haute voix, non sans susciter l'inquiétude des passants croisés à hauteur de la rue Lacépède (1756-1825, zoologiste et homme politique).

XXVII

VOCABULAIRE (3)

Continuant de ne penser qu'à Mercédès, à toutes les Mercédès, votre narrateur tenta, pour se rassurer, de l'enfermer dans un mot. C'est ainsi que « repentie » lui vint. De retour à son domicile, il se rua, comme à son habitude, sur son ami dictionnaire.

REPENTI, REPENTIE.

1. Qui regrette vivement un péché ou une faute et cherche à s'en faire pardonner. En France, la loi Perben II du 9 mars 2004 dispose que toute personne qui prévient la justice d'activités criminelles en préparation sera exonérée des peines encourues pour sa participation. Parmi tous les films ayant traité de ces destins douloureux, retenons celui d'Icaír Bollaín (2021), *Maixabel*. Il raconte l'histoire vraie d'un homme condamné pour meurtre, membre de l'organisation basque ETA. Trente ans plus tôt, une œuvre hongkongaise, *Les associés*,

de John Woo, s'était aventurée dans ces territoires périlleux de la traîtrise. Occasion pour votre narrateur de saluer l'admirable concision du titre anglais : *Once a Thief*, « Autrefois voleur ».

2. Les Filles repenties, ou, simplement, les Repenties : nom donné à des monastères de femmes où sont enfermées pour faire pénitence celles qui ont vécu dans le désordre.

XXVIII

OÙ LE DÉSIR DE SEXE PEINE À L'EMPORTER SUR L'ATTRAIT DE LA NARRATION

Chère Villa Montmorency ! Hommage lui soit rendu !

Jour après jour, nuit après nuit, elle continuait de nous offrir ce cocktail délicieux, garantie d'un bon spectacle : grands rêves et sordides manigances, fidélités naïves et révoltantes trahisons, embrassades et meurtres... De notre balcon, Mercédès et moi savourions tant ce concentré de *Comédie humaine* joué sans relâche de l'autre côté de la rue Poussin que l'idée de baiser, à peine surgie chez l'un ou chez l'autre, une main qui s'avance vers un genou, des lèvres qui s'approchent d'une tempe, cette trop banale idée-là s'en allait, emportée dans les limbes du possible : comment le cul, de son déroulé attendu jusqu'à sa fin toujours décevante, peut-il lutter contre une trop belle histoire, concoctée par une armée de scénaristes, la plupart cocaïnés ? Netflix ne l'avouera jamais, mais son équipe dirigeante sait bien sa responsabilité dans le déclin de notre sexualité. Qui va manquer pour une caresse, buccale ou autre, l'ouverture d'une nouvelle série ?

Inépuisable Villa M ! Fertilité sans égale de ses banquiers

d'affaires ! Transition énergétique et tensions diplomatiques aidant, jamais l'activité fusions-acquisitions n'avait tant prospéré ! Jamais on ne s'était tant agité sous les arbres de feu la comtesse Boufflers ! Jamais les nécrophages n'y avaient tant gagné.

Les épisodes se mêlent un peu dans ma mémoire, tant ils furent nombreux et réjouissants (terrifiants) cet été-là. Mais comment oublier la guerre de l'eau ?

Il était une fois, dans le royaume de France, les deux plus grosses sociétés mondiales (cocorico !) se partageant le marché de cette première des matières premières, essentielle à toute vie, comme le savent les plus ignorants d'entre nous.

Un beau jour, un homme à la triste figure de Droopy mal réveillé, par ailleurs président de la plus grosse de ces deux sociétés, voulut grossir encore. Pour ce faire, l'idée toute simple vint à ce président d'avaler sa concurrente. Plus facile, n'est-ce pas, que d'inventer de nouvelles techniques. Un rêve d'obésité n'est jamais une ambition, toujours un symptôme.

Sitôt ce rêve d'embonpoint connu, les banquiers d'affaires accoururent. Qui arriverait le premier pour organiser le dépeçage de la société numéro deux ?

Vous avez deviné ! Un habitant de notre chère Villa ! Et qui, pour suivre ce repas d'anthologie, se trouvait aux premières loges ? Deux guetteurs que vous connaissez bien, depuis leur sixième étage de location, rue Poussin.

Balzac, reviens ! Zola, raconte !

Nous eûmes droit à tout, le pire de l'espèce humaine : sous couvert de nobles et urgents enjeux environnementaux, des batailles de gamins comparant la taille de leur biroute à la récré dans un coin de la cour, accompagnées par une seule musique, obsédante, la basse continue du fric, combien je vais gagner dans l'opération ?

Quant au traître, celui qui a ouvert à l'envahisseur la porte de la société qu'il avait lui-même créée, un vrai entrepreneur, celui-là, un créateur, un visionnaire, franchement, j'ai eu beau chercher, je ne comprends pas.

Toujours plus d'argent, quand on en a déjà tellement ? Des frais inconnus, des dettes inavouables à rembourser ? Ou plus probablement une terreur de la mort ? Contre elle, comment faire ? Table rase ou transmettre ? Quelque chose me dit que la meilleure stratégie n'est pas de tuer son successeur.

XXIX

OÙ LE NARRATEUR PREND LE TRAIN POUR BORDEAUX AFIN DE COMPLÉTER SON SAVOIR EN MATIÈRE DE SAUVAGERIE COMPARÉE

La *réciprocité* occupant une place de choix parmi les principes qui, tant bien que mal, essaient de gouverner ma vie, j'invitai Mercédès à partager l'un de mes trésors : Gilles Bœuf. Alors président du Muséum national, il m'avait un jour invité à venir le voir. Dans son bureau, *le bureau de Buffon*, j'étais entré économiste (c'est-à-dire petit personnage étréci, obnubilé par le seul argent, l'équivalent général) ; j'en étais ressorti, trois heures plus tard, naturaliste, c'est-à-dire convaincu (enfin convaincu, mieux valait tard que jamais) de l'unité du Vivant.

— Tu verras ! Nul ne pourra mieux nous dire qui, en matière de sauvagerie, remporte la palme, les animaux ou nous.

Le train ralentit puis s'arrêta. Bienvenue gare Saint-Jean ! Gilles nous attendait sur le quai bordelais, en tendre et joyeuse compagnie de la toute belle Françoise, son amante.

Nous dînâmes tous les quatre dans un restaurant local

que je vous recommande, La Table de Montaigne, 144 rue Abbé-de-l'Épée (téléphone 05 57 08 01 27).

Indifférente aux entrées, pourtant dignes d'éloges (noix de Saint-Jacques aux salsifis), Mercédès commença par les lycaons, ces chiens-hyènes du sud du Sahara, également appelés chiens peints, du fait de la couleur noire et jaune de leur pelage. Consciencieuse comme toujours, elle s'était documentée.

— Vous n'allez pas me dire que ces animaux ne sont pas cruels ! On dirait nous, les banquiers...

— Quel rapport ?

Gilles la regardait, amusé par cette entrée directe en matière et nullement indifférent aux charmes de la financière.

— ... Certains fonds n'attendent pas la naissance complète des start-up. Ils se saisissent de la bonne idée pour, moyennant grasse rémunération, aller la revendre ailleurs.

— Il est vrai que présenté ainsi...

— Pourquoi ne montrez-vous pas ces charmantes petites bêtes au Muséum ? Cela vous embarrasserait ?

— Pas du tout ! Nous assumons tout ! Mais les lycaons vivent en bandes, et avec trop d'organisation sociale pour supporter la captivité. Un groupe peut dépasser quarante individus. Un couple *alpha* y fait la loi, une loi implacable, nous sommes d'accord, jusqu'à ordonner de tuer tous les petits qui ne sont pas d'eux. C'est leur manière de chasser le lion qui a le plus fasciné les chercheurs. Tandis que deux ou trois lycaons abusent, par de fausses attaques, le roi des animaux, d'autres s'avancent discrètement vers lui par-derrière, avant de soudain se précipiter, à cinq ou dix, le mordre aux flancs et enfin lui dévorer les viscères encore tout chauds. Mais cette férocité n'empêche pas la plus constante des générosités. Tout le monde reçoit sa part de la chasse, même ceux qui n'y ont pas participé. Et les vieux ne sont jamais oubliés ! Le grand soin que ces lycaons prennent de leurs aînés devrait nous faire honte.

Hélas, il me faut, la suite de mon histoire s'impatientant, résumer le propos de Maître Bœuf.

OUI, il peut arriver que les fauves se dévorent entre eux.

OUI, la vue et l'odeur du sang peuvent les rendre fous !

OUI, la frénésie de tuer s'empare de certains animaux, les requins, par exemple, ou les orques.

Mais NON, aucun animal dit sauvage n'est atteint par le cancer du *toujours plus.* Les prétendus *sauvages* ne tuent ou ne prélèvent que pour se nourrir, tout de suite ou l'hiver venu. Aucun, comme chez nous, n'amasse pour amasser.

Et surtout, dans le règne animal, notre espèce exceptée, la *solidarité* est bien plus fréquente que la *concurrence.* Pour se nourrir, comme pour résister aux dangers, les *bêtes*, décidément mal nommées, des plus petites, comme les virus, jusqu'aux plus grosses, comme les éléphants, se rassemblent, en ruches ou en meutes, s'allient et partagent, les tâches comme les repas. En choisissant pour Principe Directeur de nos sociétés la concurrence, la concurrence *effrénée*, notre espèce humaine s'est trompée. Et nous constatons chaque jour les conséquences de cette terrible erreur. C'est cette concurrence, partout et toujours, qui a déréglé notre planète et son climat. Qui peut nous croire capables de résister à tous ces périls qui montent sans un retour à la solidarité ?

Convaincus par cette philosophie, et réchauffés par le Château-Figeac, nous nous quittâmes à regret. Se quitter... pourquoi, d'ailleurs ? Hélas, les deux taxis commandés arrivaient.

XXX

L'AUTRE JARDIN

La semaine suivante, après leur séance de guet, Mercédès prit votre narrateur par la main.

— Je veux vous montrer un autre jardin. Ne vous inquiétez pas, c'est à deux pas.

Elle l'entraîna de l'autre côté du village d'Auteuil, rue Chardon-Lagache, numéro 11.

Quelques portes vitrées plus tard, et la preuve présentée de leurs triples vaccins, ils se retrouvèrent assis sur un banc, dans un parc, à regarder batifoler sous une fontaine un couple de canards colverts dont le mâle multicolore était, à l'évidence, fort épris de sa plus terne compagne.

— Bienvenue à Sainte-Périne !

Un *autre* jardin, avait annoncé Mercédès. En place et lieu des avides tout-puissants de la Villa M, un peuple de fragiles, de survivants et survivantes, légers, légères comme des plumes, le moindre vent un peu fort les aurait emportés. Des hommes et des femmes de grand âge se chauffaient au soleil ou cheminaient à tout petits pas, le long de bacs où poussaient des plantes médicinales. Plus loin, des bouts de bois, sans doute les restes d'un xylophone, attendaient un orchestre qui ne viendrait plus. Çà et là, des pancartes rappelaient non le règlement mais Baudelaire ou Valéry. Devant le poème aux chats, certains, certaines des vieux promeneurs, promeneuses hochaient la tête. On sait que la dernière mémoire à nous quitter est celle de l'ancien temps. Elle doit s'être ancrée dans une époque où l'on apprenait *par cœur.*

Ils prennent en songeant les nobles attitudes
Des grands sphinx allongés au fond des solitudes
Qui semblent s'endormir dans un rêve sans fin.

Sainte-Périne.

Sachant son ami gourmand d'histoires, Mercédès commença par le début, l'an de grâce 1659, lorsque de riches religieuses chanoinesses de l'ordre de Saint-Augustin achètent un vaste domaine à la limite orientale du village de Chaillot. Sur ces quatre hectares, qui s'étendent jusqu'aux Champs-Élysées, elles vont construire leur abbaye. Laquelle est vendue par la Révolution en 1790 comme bien national. Sur intervention de Joséphine de Beauharnais, le lieu va désormais accueillir des personnes âgées ou infirmes des deux sexes. Pour permettre le percement de quelques voies bien connues, notamment les avenues Marceau et George-V, l'hospice déménagera pour arriver ici.

— Et d'où vous vient ce savoir ?

— De maman.

— Me jugerez-vous un jour digne de la rencontrer ?

Elle sourit. Rien n'est plus triste que certains sourires pâles.

— Vous êtes arrivé trop tard. Quelque chose me dit que vous l'auriez bien aimée. Elle a vécu en Afrique où notre père dressait l'inventaire des forêts primaires. Elle nous a quittés ici, juste un mois avant notre rencontre. Sans nostalgie des plus grands arbres, elle s'est enchantée de ce jardin. Tous ceux que vous voyez en blanc, et toutes celles que vous ne voyez pas, dans les étages, ont pris soin d'elle avec une attention, une générosité, une conscience et un savoir dont je ne croyais pas notre espèce capable. Et vous savez combien ils et elles gagnent ? (Mercédès, professionnelle des chiffres, ne me fit grâce d'aucune précision.) L'interne troisième année : 2332 euros. Je parle d'un médecin *français* ! Car s'il était étranger, ce serait encore moins. Pourquoi la sélection des étudiants est-elle si dure en France, alors que nous manquons tant de médecins ? Pour faire des économies, en comblant nos manques par des docteurs immigrés sous-payés. Et l'infirmière que vous voyez passer là : 1927,55 euros. L'aide-soignante : le Smic. Alors, quand je pense à l'autre jardin, cette Villa M d'où nous venons, où chaque deal rapporte des millions, l'envie m'envahit de prendre les armes.

— Pauvre de moi ! Serais-je tombé en amitié avec une révolutionnaire ?

— Exactement l'inverse : c'est la révolution que je veux éviter ! Rien ne déchire plus une société. D'autant que le pire suit ces grands soirs. Les lendemains qui chantent virent toujours au cauchemar !

— Que voulez-vous dire ?

— Staline a engendré Poutine. Et le Venezuela ? Les habitants fuient par millions le paradis terrestre promis par Chávez.

Mercédès s'arrêta net. Elle savait de triste expérience qu'une femme virulente terrifie, voire dégoûte cette petite bête fragile et jalouse de pouvoir qu'on appelle homme. Elle refoula au plus profond d'elle-même la suite de ses opinions politiques, à commencer par ce théorème que pourtant elle rêvait de clamer haut et fort : dans notre société, plus les métiers sont inutiles, plus ils enrichissent ceux qui les pratiquent.

L'un des fantômes s'approcha. Un vieillard d'une rare élégance, tout de lin beige vêtu et coiffé d'un panama.

— Bonjour, madame, bonjour, monsieur. (Il souleva son beau chapeau.) Pardonnez-moi de vous importuner. Je cherche mon frère Bernard. Vous le connaissez forcément. Il habite Boston, juste de l'autre côté de l'eau, la ville où j'ai fini mes études. Alors je me suis dit que, peut-être, vous pourriez me renseigner. C'est bien par là-bas, Le Havre ?

Il montrait le fond du jardin, vers l'avenue de Versailles.

Je lui proposai de venir s'asseoir près de nous sur le banc, vous êtes le bienvenu, vous nous raconterez, allez, venez vous reposer un peu, c'est fatigant, les voyages.

L'élégant remercia, vous êtes bien aimables, jeunes gens, mais déclina.

— Les bateaux pour l'Amérique se font de plus en plus rares. Je ne dois pas manquer le mien. Mon frère m'attend.

Il remit son panama, salua et s'en fut rejoindre la ronde des autres fantômes.

Sainte-Périne, Sainte-Périne, si vous passez par là-bas, tendez l'oreille, écoutez ce refrain. Il rappelle la valeur de la fragilité. Il rend hommage à ce métier qui s'appelle soigner.

XXXI

FUSIONS-ACQUISITIONS

La nuit de novembre était tombée. À travers les fenêtres, on voyait dîner les riches sans pouvoir, à cette distance, distinguer les menus, même si l'on pouvait deviner du bio, rien que du bio à tous les étages.

Mais quel était donc ce personnage arpentant lentement les allées et guettant lui aussi les lumières ?

— Comment, vous ne l'avez pas reconnu ? Mais c'est notre banquier Melliflu, l'hypnotiseur.

— Et que fait-il là, si tard ? Il n'a pas de famille ?

— Il l'a installée un peu plus loin. Il préfère prélever son dû sur les femmes seules et désolées de la Villa. Et ce n'est pas ce qui manque.

— Vous voulez dire que la richesse ne fait pas le bonheur ? Quelle banalité, Mercédès ! Vous me décevez !

— Je n'y peux rien ! C'est la faute de la vérité ! Souvent elle n'invente rien. Tenez justement, une femme sort de chez elle. Voyez comme Mellifu se précipite et l'enlace. Extension du métier de banquier. Heures supplémentaires. Improbable fusion, brève acquisition.

XXXII

POUR UNE GÉOGRAPHIE DES REVENANTS

Au sortir d'une nuit de guet, rue Poussin, j'avais entraîné mon amie un peu plus loin. Jardin pour jardin, je lui préparais un cadeau. Un présent, si vous préférez, un présent de la géographie parisienne.

Le jour se levait, comme à regret. Il serait volontiers resté blotti, le jour, bien au chaud dans la nuit, comme certaines promesses qu'on préfère ne pas réaliser. J'avais pris le bras de Mercédès. Des ombres passaient, les unes rapides, des joggers guidés par leurs lampes frontales, les autres plus lentes, plus noires, des militaires, on devinait leurs doigts sur la détente. Chaque année, l'époque devenait plus dangereuse. Nous marchions à petits pas. Il s'agissait de ne pas effrayer ces anges gardiens et se prendre une rafale. Nous nous retrouvâmes avenue Gabriel, à longer une vingtaine d'échoppes à demi démontées.

— Le marché aux timbres, murmura Mercédès du ton solennel qu'elle aurait pu choisir pour annoncer le musée du Louvre ou le château de Versailles. Et derrière, ce n'est pas l'Élysée ?

— J'y ai travaillé trois ans, il y a longtemps. J'étais plume.

— Pardon ?

— Je rédigeais les discours du président.

Elle m'a regardé, mi-impressionnée, mi-attendrie.

— Alors je comprends que vous reveniez souvent ! La nostalgie, n'est-ce pas ?

Je n'ai pas répondu. J'ai approché ma bouche de son oreille. Le secret que j'allais lui révéler ne pouvait que se chuchoter. Sans cette précaution, il se serait dissous dans l'air.

— Nous sommes ici dans un trou, oui, un trou dans le temps. Ces espaces étranges, dans les villes, où la durée perd tout repère, passé, futur, présent, les heures se mêlent. Ce n'est pas pour rien si la municipalité a baptisé cette allée Marcel-Proust. Elle se prolonge jusqu'à la Concorde. Regardez, le voilà ! Plus un mot ! Il arrive toujours le premier. Vous le reconnaissez ?

Notre confrère guetteur de la Villa M ! Nicolas avait sorti d'un sac à dos une de ces lampes sans fil qui ressemblent à des champignons blancs. Il la posa sur l'une des tables à tréteaux laissées là par les philatélistes. Et à cette lumière fragile, il s'était mis à écrire. Pourquoi avoir choisi cet endroit malcommode si tôt le matin ? Il devait se dire que la proximité du palais ne pourrait que l'inspirer. D'ailleurs la reconquête de l'Élysée n'était-elle pas son thème unique, la raison de son succès auprès de ses fidèles (deux cent cinquante mille exemplaires en deux mois pour le dernier,

Le temps des tempêtes) ? Son successeur François (2012-2017) surgit de la rue du Cirque. Pourquoi n'avait-il pas lâché son casque ? La crainte d'être reconnu, ou, plus terrible, l'horreur d'être oublié ? Il salua son confrère et vint s'asseoir de l'autre côté de la méchante et fort branlante table à tréteaux. Il souriait. C'était sa façon à lui d'écrire : sourire tout le temps, enchaîner les sourires comme d'autres accumulent les pages. Sourire était sa méthode à lui pour retrouver son palais. Et peut-être ne se séparait-il jamais de ce fameux casque pour la même raison : empêcher le sourire de s'enfuir, son sourire, sa seule arme ? Vous pouvez vous étonner de toutes ces questions. Mais comment ne pas s'interroger, multiplier les hypothèses quand vous assistez à ce spectacle tellement étrange : deux anciens chefs d'État attendant l'ouverture du marché aux timbres ? De temps en temps, le 2007-2012 levait son nez pointu, échangeait trois mots avec son confrère le 2012-2017 puis replongeait dans son œuvre. Le confrère continuait de sourire. La bonne humeur, surtout la fausse, est une œuvre de longue haleine.

— Je croyais qu'ils se détestaient.

— Confirmé ! Quand le jour se lèvera vraiment, vous verrez, leurs regards peuvent tromper, pas les crocs de leurs sourires. Mais pour le moment, ils ont conclu un pacte. Ils sont alliés. Pour détruire l'Actuel, sous prétexte de lui venir en aide. Quand ils auront réussi à le faire renoncer, les chiens seront lâchés ! Plus de quartier. Chacun pour soi. Attendez, Mercédès ! Vous n'avez pas vu le meilleur. Le voici.

Une silhouette approchait, sans doute un ancien grand, cassé par les ans. Il avançait, pas après pas, noble dans son obstination, l'image même de la vieillesse, ou plutôt du refus de la vieillesse... Les deux autres le regardaient avec attention, ravis de cette vision, la décrépitude après tant d'orgueil. Pas question d'écourter ce spectacle délectable en proposant de l'aide. L'Ex (1974-1981) finit par réussir à rejoindre les conjurés. Et leur conversation put commencer. Votre narrateur aurait tout donné pour l'entendre. Quel miel plus riche pour un écrivain : mauvaise foi, double, triple, quadruple jeu, haines recuites ! Mais le moyen de s'approcher sans se faire repérer ? C'étaient d'anciens présidents, tout de même. La République leur offrait à vie des gardes du corps. On les voyait, ces pauvres fonctionnaires de police, aller, venir, autour du restaurant Le Laurent. Pour tuer le temps, ils passaient de longs moments devant la carte, un carré de lumière dans la pénombre. À force, ils finiraient par la savoir par cœur : araignée de mer dans ses sucs en gelée, crème de fenouil (64 €) ; homard au vin jaune, raviolis aux trompettes-de-la-mort (108 €)... Brownie « bonbon » ambiance fruit de la passion (29 €).

— Erik... dites-moi, là-bas, avec son chien...

— N'ayez pas peur ! Non, vous n'avez pas la berlue. C'est bien lui. François Mitterrand.

— Et à côté, tout rond ?

— Oui, son fidèle parmi les fidèles, Michel Charasse. On sent d'ici le parfum de son cigare.

— Je croyais...

— Femme de peu de foi ! Les Politiques ne meurent jamais.

— Vous voulez dire… lui aussi… François Mitterrand… il veut… il voudrait revenir ?

— On l'a cru mort si souvent. Mais quand on voit le bordel ambiant, avouez ! Et les candidats d'aujourd'hui, la chute accélérée de leur niveau intellectuel…

— Je suis d'accord.

François Mitterrand passa d'un bon pas, s'arrêtant juste un instant pour jeter un bref coup d'œil vers la droite. Derrière la barrière de hauts marronniers qui commençaient à se déplumer quelques clartés se montraient, les morceaux du palais qui avait été le sien pendant quatorze années. Il reprit sa marche. De sa conversation avec Michel Charasse, on n'entendait que des gloussements. Moi qui l'ai connu, je sais comme le président était bon public. Les blagues l'enchantaient, même entendues cent fois, même les plus pourries, celles de son beau-frère, l'acteur Roger Hanin (le commissaire Navarro). Alors, ce Maître du temps abandonnait son empire permanent sur lui-même et pouffait comme un enfant, il manquait s'étouffer, il fallait au plus vite lui proposer de l'eau. Michel Charasse devait lui en raconter une bien bonne. Ces concurrents revenants ne pouvaient qu'inspirer sa gouaille.

Pauvres ! Pourquoi se moquer de leur passion alors qu'il faudrait les en plaindre ? Moi aussi, gourmand des intensités de la vie, de ses bonheurs comme de ses cruautés, je rôde souvent de bon matin aux abords de l'Élysée. Jean-Michel Ribes, l'inaltérable directeur du Rond Point, m'a refilé le tuyau. Fou comme il est, il soutient mon projet improbable : dessiner une géographie des revenants. Si le club très fermé des ex se réserve le marché aux timbres, au long de l'avenue Gabriel, les autres, ceux qui auraient pu, ceux qui d'un rien ont manqué la marche ultime, Alain, Laurent, Lionel et tant d'autres, vous les trouverez souvent, entre chien et loup, tournant tristement autour du Petit Palais. Ils se disent, ils se répètent heureux. Ils s'acharnent à faire semblant de préférer la paix de leur vie présente. Petit Palais, Petit Palais, se répètent-ils ! Mieux vaut petit que rien. La taille ne fait rien à l'affaire.

N'étant jamais parvenu à se défaire depuis l'enfance d'une peur panique de ce peuple obstiné et sans cesse renaissant, celui des « maladies », votre narrateur a entretenu des relations avec d'innombrables médecins. Ils le lui ont tous confirmé : le plus douloureux pour un mort, c'est de se croire encore vivant. Bien plus confortable, bien moins torturant serait de lâcher prise. Mais cet abandon-là, quelle école va vous l'apprendre ?

De l'autre côté de la Seine, place Vauban, vous auriez pu croiser, dans les semaines qui suivirent la présidentielle de 2022, l'un de ses candidats malheureux. À peine 7 % des voix, alors qu'il se voyait vainqueur haut la main. Grâce à l'appui de l'Ogre, qui avait mis toute sa presse à son service. Pour soigner sa déception, il avait sombré dans la folie. D'avoir orienté toute sa campagne sur l'*identité*, l'identité de la France, il avait perdu la sienne. Se prenant lui aussi pour Napoléon, avec qui il n'avait en commun que la petite taille, il errait avenue de Breteuil, devant le tombeau du grand homme, la main droite sur le cœur et coiffé d'un vieux bicorne. Il paraît qu'après protestation des riverains, on a fini par l'enfermer. Il faut dire qu'à intervalles réguliers il se mettait à hurler, effrayant les promeneuses à chien-chien : « Reconquête, reconquête ! Halte au remplacement ! Je suis l'avenir ! » Entre rêve de magistrature suprême et démence, tous les psychiatres de bonne foi vous confirmeront que la frontière est poreuse.

XXXIII

OÙ LE NARRATEUR INFORME SES LECTEURS DE CERTAINES CLASSIFICATIONS EN COURS

Les « politiques » (variante laudative : « les hommes d'État »), cette espèce de *sapiens sapiens* très particulière, doivent-ils être rangés dans la catégorie des ogres ?

Consulté, le Muséum s'interroge.

Certes, qu'ils soient élus ou autoproclamés, ces gens-là se nourrissent de chair fraîche (les électeurs en démocratie ; en dictature, les opposants emprisonnés).

Certes, aucun, aucune n'échappe à la maladie du *toujours plus*. Sitôt installé(e) quelque part, il ou elle rêve de l'étage supérieur. Le secrétaire d'État se voit ministre « de plein exercice ». Lequel fantasme sur le régalien, la Défense, l'Intérieur. Avant de s'imaginer très bien Premier, Première, régnant sur l'enfer de Matignon (moi, j'y mettrai bon ordre !). Le poison du *pourquoi pas* continuant ses effets, on ne refuserait pas, « si les circonstances l'exigent et si mes amis me supplient », d'assumer la Charge Suprême.

Bref, des ogres.

Et pourtant les experts en taxonomie (classifications) hésitent : ces *sapiens sapiens* ne sont pas des ogres comme les autres. À la différence de ceux-ci, un triple moteur les meut :

La noble ambition de Servir (sa ville, sa région, son pays).

L'incontestable goût du Pouvoir.

Et, toujours ancré au plus profond, un rêve de Gloire, d'entrer dans l'Histoire.

XXXIV

OÙ LE NARRATEUR A L'HONNEUR DE PRÉSENTER UNE NOUVELLE GAMME DE PARACHUTES

Ce jour-là, après une bonne séance de guet, je m'en revenais chez moi par la voie sur berge. Décidément, merci, Villa M ! Les spectacles que tu offres valent largement le festival d'Avignon. Comédies et fausses tragédies s'enchaînent. Les protestations d'amitié, les coups de poignard dans le dos, la célébration des familles, l'ancêtre à (gros, très gros) héritage qu'on pousse dans les allées, le jeu de croquet avec les enfants blondinets suivi d'un petit coup rapide avec la nurse dans la cabane à barbecue, les dîners en toute simplicité (Veuve Clicquot et Petrossian) tandis qu'au premier étage, gavée de sandwichs et d'eau minérale Châteldon, une escouade d'avocats, faufilés par l'entrée de service, mitonne le contrat mortel. Balzac à portée, juste de l'autre côté de la rue Poussin. Il manquait juste une musique. Verdi, bien sûr ! *Rigoletto* ! Ou mieux, *Macbeth*, acte I, scène des sorcières (dans la version légendaire de Claudio Abbado, 1976 : Shirley Verrett, Plácido Domingo, Nicolaï Ghiaurov).

Mon enquête avançait toute seule. Il me suffisait de

déplier ma longue-vue Victory. Et de tendre l'oreille, que j'ai, Dieu merci, encore vive. D'ici deux à trois semaines je pourrais présenter le texte. Comme prévu, il serait refusé. Qui, aujourd'hui, oserait se fâcher avec un ogre d'une telle puissance ? Un ogre qui, semaine après semaine, non content de dévorer, enserrait de ses tentacules toute la société française. Que mon éditeur dorme tranquille ! Pas la moindre tentation chez moi de lui reprocher sa prudence. Il a une maison légendaire à gérer, des centaines d'employés à protéger. Et moi, j'avais mon plan B. Le cadeau de la modernité ! Internet et ses réseaux m'accueilleraient les bras grands ouverts. J'y perdrais en droits d'auteur mais gagnerais tellement en notoriété !

C'est dire si je me sentais léger, ce matin-là, de cette légèreté que donne le devoir accompli, et guilleret, malgré le spectacle désolant des immeubles, tous hideux, bâtis de l'autre côté du fleuve, cet « affront de Seine », selon la très pertinente expression du grand linguiste Cerquiglini, un habitué du Muséum. Alors, par le toit vitré de mon taxi, je préférais regarder le ciel. Soudain, je sursautai. Quelles étaient ces grosses coupoles brillantes ? Elles avaient contourné la tour Eiffel et maintenant volaient vers l'Est.

— Voyons, monsieur, répondit mon chauffeur, d'où sortez-vous ? Ce sont les parachutes dorés ! Leur transhumance a commencé.

Son parler avait la saveur chantante d'Haïti.

Dans le rétroviseur, la mine ébahie de son passager lui suggéra de poursuivre son explication :

— Les patrons des grands groupes industriels et financiers... quand ils quittent leur poste, soit chassés par l'âge de la retraite, soit remerciés pour leurs mauvais résultats, reçoivent beaucoup d'or enrobé dans un parachute. Ainsi, les voilà milliardaires pour l'éternité en même temps que pourvus d'un incomparable moyen de transport.

— Mais... comment savez-vous tout ça ?

— Le drame dans mon métier, c'est l'attente. Entre deux clients, on poireaute. Surtout durant les pandémies. Mon record, c'est trois heures dix-sept. Alors je lis, 50 % poésie, 50 % monde réel. Tantôt je m'évade, tantôt je me renseigne. Pour tuer le temps, je vous recommande la méthode. Ces gens-là, les parachutés, il paraît qu'ils ont leurs habitudes. L'hiver les voit pour une moitié en Suisse, pour l'autre aux Caraïbes. Et quand mai revient, Paris reçoit leur visite. Il me semble, oui, attendez que je compte, vingt-sept, trente. Trente-deux, c'est bien ce qu'il m'avait semblé, ils sont plus nombreux que l'année dernière. Avec ces start-up qui poussent comme des champignons, on voit des parachutes raccordés à des tout jeunes, trente ans, parfois moins.

Le vol doré ne manquait pas de grâce. Après avoir longé la Seine, jusqu'à l'île de la Cité, vérifié l'avancement du chantier de Notre-Dame, les parachutes se dirigeaient maintenant vers le quartier où vivent les plus riches des plus riches, le VIe arrondissement de la capitale française. Mais l'un des demi-globes jaunes semblait en difficulté. Il s'était dégagé de l'escadrille et plongeait à présent vers le sol. Devinant l'imminence d'un événement d'importance, je renonçai à ma destination et criai au chauffeur la phrase qui m'avait toujours ravi dans les albums de Tintin, « Taxi, suivez cette voiture ! », dans une variante adaptée avec bonheur : « Taxi, suivez ce parachute ! »

Après quelques soubresauts, le parachute finit par atterrir, assez violemment, juste devant l'hôpital de la Pitié-Salpêtrière. Une vingtaine de blouses blanches en défendaient l'entrée. Une grosse pancarte avertissait que les médecins continuaient leur « grève illimitée ».

De sous la toile dorée émergea en rampant un gros homme. Il gémissait :

— Au secours ! Mon diabète... Je suis en train de mourir !

Une très jeune blouse blanche se détacha du groupe, échangea les oreillettes de son portable pour celles de son stéthoscope :

— Nous allons voir ça.

Elle se pencha, regarda, écouta, palpa, se redressa :

— Il est vrai qu'il vaudrait mieux vous admettre en urgence. En attendant, quelqu'un aurait un sucre ?

Je bondis de mon taxi. Sujet, parfois, à de violents vertiges dont l'origine hypoglycémique m'avait été confirmée par la Faculté, je ne me promenais jamais sans deux ou trois morceaux.

Le temps qu'une civière arrive, j'avisai un tailleur gris parmi les blouses :

— Pas médecin ?

— Ancienne infirmière ! Mais solidaire du mouvement ! J'ai exercé dix-sept ans. Et puis ai eu assez de mes quinze euros bruts de l'heure. Quatre fois moins qu'un plombier.

Et quand une machine à laver passe l'arme à gauche, vous n'avez pas à vous taper la famille. Je préfère mon onglerie. J'ai un peu hésité. Ma banquière me proposait de financer une clinique du sourcil. Mais il se trouve que je n'aime pas les poils.

— Vous voulez dire... qu'après toutes vos études, et toutes ces années de soins au service d'êtres humains malades, maintenant vous limez et peignez des ongles... la journée entière ?

— Bien sûr, c'est grotesque. Mais nettement moins stressant que la mise en place de cinq dialyses chaque matin. Et beaucoup plus rémunérateur. Pour se croire belles et beaux, mes clients ne rechignent pas à la dépense. Tandis que les malades... il n'y a pas plus pingre. Ils pensent que la santé leur est due.

Cette intéressante conversation s'interrompit net car les grévistes, à grands cris joyeux, avaient accueilli un nouveau personnage, un robot de taille humaine. Lequel, en proie à la plus vive excitation, agitait les bras en tous sens, ses yeux clignotant comme des gyrophares. On eut toutes les peines du monde à le calmer.

— Tout doux, Marie-Antoinette !

— On a justement quelqu'un pour toi !

Marie-Antoinette fut conduite auprès du parachuté et lui tendit la main. Sa voix n'avait plus les sonorités métalliques et le rythme haché de ses ancêtres automates. Elle susurrait comme une masseuse asiatique vous présentant le menu de ses prestations, ou un prêtre dans son confessionnal tâchant de vous faire avouer l'inavouable :

— Bonjour, monsieur ! Comment vous sentez-vous ce matin ?

— Ne me touche pas ! cria le parachuté.

Les blouses éclatèrent de rire :

— Je serais vous, je parlerais mieux à Marie-Antoinette.

— Elle paraît douce mais elle a son caractère.

— Et comme c'est elle qui va prendre soin de vous...

Le parachuté avait retrouvé des forces pour trépigner :

— Appelez-moi le directeur ! Je veux une infirmière !

— Vous n'avez pas compris qu'il n'en reste plus ?

— Eh oui, dit l'onglière en tailleur gris, j'étais la dernière ! La dernière de Paris !

Sous les applaudissements elle se courba dans une parfaite révérence.

Un brancard arrivait, poussé par un Africain très long. Le chauffeur de taxi lui tendit la main :

— Bonjour, tu ne serais pas peul ? Oui ? Alors tu es quasi mon frère. Mais... j'y pense : pourquoi toi, et pas un robot ?

L'Africain très long leva les bras au ciel.

— Parce que, grâce à Dieu, je suis moins cher. Tu le sais bien, un Africain coûte moins qu'un robot. Ils ont dû faire leurs comptes. C'est pour ça que j'ai trouvé un travail. J'ai eu de la chance ! Là-dedans (il montrait les bâtiments historiques de la Pitié), là-dedans, ils ont tout automatisé, et d'abord, pour le pire, l'hygiène. Plus besoin d'aides-soignantes pour torcher les malades. C'est une machine qui passe le jet, et un aspirateur récupère. Tu vois ce que je veux dire. On peut dire merci aux vaches : elles ont servi de modèles et ne s'en sont pas trouvées plus mal. Je parle à un enfant d'éleveur, non ?

Tout en discutant, il allongeait le diabétique, d'ailleurs tout à fait silencieux maintenant, sans doute entré dans son coma, malgré mon sucre. Pendant ce temps, les blouses s'interrogeaient :

— Et le parachute, qu'est-ce qu'on en fait ?

— Découpe-le en serpillières. Tu sais bien qu'on en manque.

— Tu es folle ! Tu as touché la qualité de la soie ?

— Alors des petites culottes.

— Voilà une bonne idée ! Tu as des ciseaux ? Je vais en découper un bout. Et l'apporter à Myriem. C'est une reine de l'ourlet.

— T'as raison. Elle rêvait d'être chirurgienne.

— Quel dommage qu'il n'en reste plus non plus ! Tu sais bien que les assureurs ont imposé le remplacement. Tu as vu les dernières statistiques ? Y a pas photo ! Les robots ne sont jamais fatigués, et ne s'offrent jamais une petite bière avant de prendre le bistouri !

Je regagnai, pensif, ma butte aux cailles.

XXXV

CE QU'ON PEUT APERCEVOIR DEPUIS L'ARC DE TRIOMPHE

Touriste, j'étais devenu ! Mon exploration de Paris continuait. Par la ligne 6 du métropolitain, Mercédès m'entraîna le lendemain place Charles-de-Gaulle (anciennement place de l'Étoile). Un moment, fascinés, nous suivîmes la ronde des écureuils humains enfermés dans leurs voitures.

— On dirait ma chère Ménagerie du Muséum, les animaux eux aussi tournent en rond. Et maintenant ?

— Nous montons.

Vous voulez dire... nous montons... sur l'Arc de triomphe ? Quel rapport entre la Grande Armée et la banque d'affaires ?

— Vous allez voir. Traversons !

— Il n'y aurait pas un autre moyen, je ne sais pas moi, un souterrain ? On va se faire laminer.

— Le danger aiguise les sens. C'est pour ça que nous aimons les bêtes sauvages, non ?

Elle me saisit la main et nous plongeâmes dans la mêlée. Bientôt accompagnés par le concert prévisible de klaxons et d'injures. Comment avons-nous pu atteindre sains et saufs le refuge de l'îlot central, par l'entremise de quelle divinité complice ? Mystère. Une voix sourde et furieuse nous accueillit :

— Enfants gâtés ! Vous avez la chance de vivre et vous jouez avec la mort. Vous verrez quand la glaise vous envahira la bouche et que les asticots vous rongeront les yeux.

Accourus, les deux gardiens guadeloupéens présentèrent leurs excuses :

— N'y prenez pas garde, c'est le Soldat inconnu. Avec l'âge, il devient de plus en plus acariâtre. Nous aimerions le faire taire, il dérange la clientèle, surtout asiatique. Refus de la direction : pas touche au symbole.

Un ascenseur nous transporta sans heurts jusqu'au sommet. Paris nous attendait et sa magnificence ordonnée. Grand Palais, Concorde, Tuileries... De cette altitude on oubliait les vulgarités et les saletés qui avaient rendu si détestables les Champs-Élysées, ex-plus belle avenue du monde. Mercédès ne me laissa pas longtemps le loisir d'admirer.

— Regardez. Oui, vers le sud-ouest, un peu à gauche du début de l'avenue Foch, l'hôtel particulier, les grandes fenêtres.

J'avais, comme vous vous en doutez, emporté Victory. Le temps de la régler, je m'exclamai :

— Je vois une voiture. Quelle drôle d'idée, une voiture dans un bureau ! Attendez, mon père a couru dans des rallyes, on dirait, oui, une Matra MS670. Un vieillard s'est glissé derrière le volant. Je devine qu'il fait vroum, vroum, avec la bouche, c'est enfantin, touchant. Pathétique.

— Maintenant, la fenêtre voisine. Elle ne va pas vous décevoir non plus.

— Nous avons de la chance, quelqu'un tire les rideaux. Un autre vieillard. Derrière lui, non mais je rêve, ne serait-ce pas une tranche d'avion ? Oui, un morceau d'Airbus. Mercédès, vous m'expliquez ? C'est un musée ?

— En quelque sorte ! Ils sont une demi-douzaine. On les appelle les Apôtres. Ils ont accompagné Jean-Luc Lagardère depuis le début de son aventure !

— Eh bien dites-moi, ils ne se mouchent pas du pied. Les Apôtres ! Ce titre qu'ils se donnent...

— Vous avez raison. « Nécrophages » serait plus juste. Eux aussi. D'après ce que je sais, ils vivent, et grassement, sur les rentes du Capitaine.

— C'est fou, quand on y pense, le nombre de vivants qui se nourrissent des morts.

— L'avantage avec vous, Erik, c'est votre capacité à comprendre vite. Quel dommage, notre, comment dire ?, différence d'âge. Un homme qui comprend vite et capable, j'en suis sûre, d'aimer lentement, vous feriez l'amant idéal.

— Et maintenant, que deviennent-ils ?

— Rien. Mensualisés à vie pour continuer à célébrer le culte de Jean-Luc.

— Ah, j'en vois un autre. Un encore plus vieux. Il a enfilé des gants blancs. Pour quelle cérémonie ? Que tient-il donc, avec tant de soin ? Attendez que je distingue. Voilà. Un livre, un livre pleine peau, à vue de nez XVIIe, début XVIIIe. Je les connais ces gens-là, on les rencontre à la bibliothèque du Muséum, ils ne s'intéressent pas du tout au contenu de nos trésors, ils viennent juste pour caresser les tranches, flatter les couvertures, humer le cuir.

— Ah celui-là ! Il a reçu pour mission d'assurer les derniers moments de la maison d'édition Hachette. La faire la plus belle possible avant la vente, vous comprenez ? Mais y a qu'un problème : comme vous le constatez, il n'aime que les vieux livres, c'est-à-dire les écrivains morts. Difficile pour préparer l'avenir. Bon ! Vous en avez assez vu ? Nous pouvons redescendre ?

Tout au long du retour, Mercédès fut d'une humeur joyeuse.

— On ne cesse de nous attaquer, nous les banquiers. Mais nous, au moins, à la différence de ces Apôtres, nous travaillons. Flairons les odeurs de mort prochaine. Contactons les futurs trépassés. Organisons les dépècements. Courbons le droit. Optimisons les fiscalités.

C'est ainsi qu'à la station La Motte-Picquet résonna cette double exclamation rarement entendue dans le métro parisien, même dans sa portion aérienne :

— Vive la banque d'affaires !

— Vous avez raison ! Finalement, vive la banque d'affaires !

Nous avions levé, au-dessus de nos voisins sidérés, deux coupes de Ruinart imaginaire.

XXXVI

ARC DE TRIOMPHE (2)

Encore et encore, l'appel de la géographie !

Non sans un délicieux sentiment de transgression, je décidai, deux jours plus tard, de retourner seul place Charles-de-Gaulle. Je dois vous dire que le Soldat inconnu manifesta sa joie de me revoir. On s'ennuie tant dans une tombe, tous les défunts de bonne foi vous le diront... Si vous pouviez, me dit-il, demander aux anciens combattants de moins baisser leurs drapeaux sur ma tombe : ils effleurent mon crâne et ces fausses caresses me sont insupportables. Heureusement que d'année en année ces pauvres vieux viennent moins nombreux. Cela dit, leur nombre pourrait bientôt se multiplier, avec les folies russes. Qu'en pensez-vous ? Le Soldat inconnu et moi continuâmes ainsi quelque temps à deviser de l'époque. Vous vous croyiez débarrassés des guerres mondiales, je me trompe ? Moi, comme vous savez, je suis tombé durant la Première, au Chemin des Dames, pour être précis, le 16 avril 1917. Je connaissais bien l'endroit : ma première fiancée habitait Laon.

Je n'osai pas lui dire que moi aussi, j'en avais bavé, dans

cette vallée de l'Aisne. L'amour, comme chacun sait, n'est pas de tout repos. Beaucoup y perdent des plumes, et certains la vie. Pour un peu, le Soldat m'aurait embrassé, revenez quand vous voulez.

C'est à regret que je me dirigeai vers l'ascenseur. Les gardiens guadeloupéens me laissèrent monter, vous connaissez la route ! Ils rayonnaient : ça fait du bien, vous savez, d'accueillir un habitué. Nous ne recevons que des touristes, un petit tour, trois, quatre photos avec leurs portables et puis s'en vont, de retour à Shanghai, Séoul ou Chicago. Ma grand-mère avait raison : venir, c'est bien, mais tout commence seulement quand on revient.

Justement, pour quelle raison avais-je voulu revenir dans cet endroit improbable ?

En fait, les « Apôtres » ne m'intéressaient pas. Les parasites se ressemblent tous. Ce sont des ogres, eux aussi, mais d'une catégorie très inférieure, des rongeurs, des grignoteurs honteux. Mais je voulais en savoir plus sur le fils de feu le Grand Capitaine d'industrie. Une fois parvenu au sommet de l'Arc, j'attendis patiemment qu'un groupe de jeunes étudiantes du Kazakhstan (très excitées) me laisse la place et j'installai ma chère lunette de voyeur impénitent. La chance me sourit. Le vieil orphelin était là, seul dans son bureau immense jonché de papiers. Et une tâche étrange l'occupait : à gestes violents, il arrachait une à une les photos qui, du sol au plafond, couvraient les murs. Tous ces clichés, sans exception, montraient son père, les succès de son père. Jean-Luc Lagardère serrant vigoureusement la main du président Jacques Chirac ; sablant le champagne aux Vingt-Quatre Heures du Mans ; embrassant son cheval Sagamix, vainqueur du Prix de... l'Arc de triomphe ; bras dessus, bras dessous avec le jockey génial Olivier Peslier ; accueilli par les hôtesses du premier Airbus A319... L'héritier dut s'interrompre quand la porte s'ouvrit et que parut une géante, un bon mètre quatre-vingt-cinq. De la douceur de leur baiser, on pouvait déduire que cette géante était plus qu'une maîtresse. Son assurance, sa tranquillité indiquaient sans grand risque d'erreur un statut d'épouse officielle. Elle pointa du doigt les photos sur le sol. Qu'est-ce qui se passe ? Habitué aux langages silencieux des animaux, je devine bien les conversations. L'orphelin répondit qu'il étouffait. L'omniprésence de ce paternel lui pompait l'air au sens propre. Elle hocha la tête. L'orphelin la regarda, grimaça, puis éclata en sanglots. La géante le prit dans ses bras. Tendrement lui caressa les cheveux. Peu de femmes modernes savent vraiment consoler. Après un long, très long câlin, ils se penchèrent d'un même mouvement vers le sol, reprirent les photos et, une à une, les replacèrent sur les murs.

Derrière moi, j'entendis, se faufilant dans le vacarme de la circulation, un bruit de pas. Je sursautai, me retournai. Les deux Guadeloupéens voulaient m'avertir que l'heure, c'est l'heure, hélas, pardon, cher visiteur, ils allaient devoir fermer l'Arc. Je présentai mes excuses, je n'ai pas vu le temps passer, je remerciai, remerciai, repliai Victory, la rangeai fébrilement dans son étui noir. Les gardes suivaient mes mouvements avec un air de profonde désolation :

— Et quand... ? balbutia le premier.

— Oui, quand, enchaîna le second, quand aurons-nous le plaisir de vous revoir ?

Je levai les bras au ciel : qui peut prédire, surtout l'avenir ?

Les amis antillais n'abandonnaient pas :

— Puisque, semble-t-il, vous aimez regarder, et qui vous le reprochera ?, nous avons bien d'autres points de vue...

— ... qui pourraient vous intéresser...

— Si vous saviez par exemple ce qui se passe l'après-midi au 7 rue de Presbourg...

— L'ambassade de Brunei Darussalam...

— Et quand je dis l'après-midi...

— Il y a autre chose...

— Oui, nous avons bien remarqué votre cible...

— L'état-major de cette pauvre maison légendaire...

— Si vous aviez déplacé votre longue-vue vers le nord-est...

— Pour être plus précis, le haut de l'avenue de Friedland...

— Vous vous seriez régalé d'un autre spectacle...

— Il paraît que c'est un grand patron. Il vient de prendre le contrôle de Vivendi Universal. En tout cas, un bureau immense.

— On pourrait donc le croire occupé...

— Pourtant il passe des heures à regarder notre Arc de triomphe.

— C'est sa Mecque à lui. Pour un peu, il s'agenouillerait...

— Il doit penser qu'un jour, pour fêter son propre triomphe, il défilera là, sur son cheval, à la tête de ses troupes...

— M'est avis que c'est l'effet du dérèglement climatique. Ça leur tape sur le système, au CAC 40 !

— Vous voyez qu'il faut revenir !

— Nous nous sentirons moins seuls.

Je promis et redescendis quatre à quatre l'escalier de secours.

Par chance, le Soldat inconnu dormait. Après toutes ces aventures, je n'aurais pas eu le courage de lui faire la conversation.

XXXVII

OÙ SONT RÉVÉLÉES LES RAISONS MÉDICALES POUR LESQUELLES L'OGRE SE DEVAIT D'ENGLOUTIR, AUSSI, LA PRESSE

D'après les confidences reçues par votre narrateur lors de beuveries inavouables, les Bretons ont beau se proclamer, haut et fort, d'origine celtique donc granitique, quelques-uns d'entre eux souffrent de graves fragilités psychologiques, parmi lesquelles l'hypocondrie. Sachez que l'Ogre est affecté de cette fausse maladie. Incapable de quiétude, il jouit douloureusement, comme le disait Jean Cocteau, d'une très mauvaise santé de fer.

Ce matin-là, après une nuit de plus forte angoisse encore que les précédentes, il convoqua son chauffeur.

— Robert ! Au plus vite, l'Hôpital américain !

Si vous ne le connaissez pas, sachez qu'il s'agit d'un établissement adoré des milliardaires pour cette raison imbécile qu'ils pensent, en y payant très, très cher les médecins, apprivoiser les maladies.

Après sept minutes et onze feux rouges brûlés, l'Ogre commençait son Check-Up.

Lequel, après deux jours d'investigations hors de prix, ne révéla rien de grave sauf...

Le directeur, entouré de pas moins de cinq chefs de service, était venu lui-même dans la chambre qualité Relais & Châteaux pour communiquer le bilan.

— Sauf ? blêmit l'Ogre.

Le directeur, sadique comme la plupart des humains dotés du moindre pouvoir, ne répondait pas. L'Ogre répéta :

— Sauf ?

— Sauf l'ennui.

— Pardon ?

— Notre équipe est formelle, vous allez au mieux. Excepté...

Du volumineux dossier, il sortit une radio.

— Regardez. C'est votre estomac. Vous voyez le beau bébé ? L'ampleur de son arrondi ? La dilatation de ses parois ! L'estomac d'ogre typique. D'ailleurs, et sans vouloir vous flatter, l'un des plus beaux jamais accueillis dans notre établissement. Et pourtant, à l'Américain, croyez-moi, nous ne manquons pas de patients avec de gros, très gros appétits !

— Et alors, qu'est-ce qu'il a, mon estomac ? J'ai un cancer, c'est ça ? balbutia l'Ogre d'une voix blanche. Je suis perdu et vous n'osez pas me le dire ?

Les blouses blanches commençaient à franchement s'amuser. Le directeur posa sur le bras droit de l'Ogre une main rassurante :

— Votre organe géant ne souffre que d'une seule maladie. Mais une maladie dont on peut mourir. (Parfois, même à l'Américain, les médecins aiment jouer avec l'angoisse de leurs patients.)

— Finissons-en ! Je veux savoir !

— Votre estomac particulier a des exigences particulières. Vous ne le nourrissez pas comme il le souhaite.

— Mais je n'arrête pas ! Après les films plastique, des bateaux. Après les bateaux, des ports. Et une banque. Et des chanteurs. Et des acteurs ! Jésus Marie Joseph, que lui faut-il d'autre ?

— Ça, c'est votre affaire ! Pas la nôtre ! Une chose est sûre : il faut trouver pour lui d'autres nourritures, au plus vite. Et pas des petites graines ! Du neuf en même temps que de l'excitant. Revenez nous voir, disons dans trois mois ! Nous vérifierons si vous avez trouvé le régime alimentaire qui convient.

Tour à tour, les blouses vinrent serrer chaleureusement la main du faux patient avant de s'en retourner exercer ailleurs leur art.

Du fait d'une hypocondrie guère inférieure à celle de l'Ogre, votre narrateur entretient depuis toujours d'excellentes relations avec l'ensemble du personnel soignant de la capitale. Grâce à ses réseaux il a pu consulter le registre de l'Américain. Depuis le Check-Up précédemment raconté, aucune visite de l'Ogre ! Preuve irréfutable que le traitement préconisé avait pleinement réussi. Ce goinfre d'estomac était apaisé, au moins provisoirement. C'était donc bien ça ! Ce ventre avait voulu de la presse ? On l'en avait goinfré : *JDD*, Canal +, CNews...

XXXVIII

DE L'UTILITÉ DE CHASSER EN MEUTE

« Tu ne te doutes pas de ton bonheur, reprit le journaliste après une pause. Tu feras partie d'une coterie dont les camarades attaquent leurs ennemis dans plusieurs journaux, et s'y servent mutuellement. » (Honoré de Balzac, *Les illusions perdues*.)

XXXIX

LA VÉRITÉ DES LÉGENDES

Chacun sait que, au plus profond de certaines nuits, un vieux chariot passe en grinçant sur les routes de Bretagne. C'est l'Ankou, la Mort, qui de village en village vient prélever son dû.

On sait moins que d'autres nuits, le même chariot offre une promenade aux défunts méritants. L'espace de quelques heures, l'Ankou a la bonté de les arracher à leur interminable séjour éternel, l'occasion pour eux de revoir leurs anciennes demeures.

C'est ainsi que sur les bords de l'Odet régulièrement revient feu notre héros du commando Kieffer, hélas décédé à Quimper le 12 juillet 2001. Et le spectacle de l'Ogre, son neveu, non content de le désoler, lui rappelle ses cours d'apprenti commando : sans doute, je devrais l'étrangler. Est-ce bien le même sang qui coule dans nos veines ? Moi j'ai débarqué pour libérer la France. Lui ne pense qu'à l'asservir.

XL

OÙ L'ON EN APPREND PLUS SUR UNE GASTRONOMIE BEAUCOUP MOINS RARE QU'ON NE CROIT

Les repas se multipliaient. Quel secteur allait échapper à l'Ogre ? Il avalait tout. Quelle serait sa prochaine proie ? L'industrie pharmaceutique, la conquête spatiale, l'immobilier sur Mars, les nodules polymétalliques marins ?

À l'imitation de l'Ogre, dont la nature est d'engloutir, ses collaborateurs n'étaient pas en reste quand il s'agissait d'avaler. Mais, leurs repas étant d'un genre particulier, il n'est peut-être pas inintéressant de les décrire.

De la fréquentation des plus hautes sphères du pouvoir, public et privé, votre narrateur a retiré ce très paradoxal théorème, partout vérifié : plus l'on est haut, et plus l'on souhaite y demeurer. En conséquence, plus on admet d'être rabaissé. Combien de très puissants ministres, combien d'orgueilleux directeurs acceptent de leur président bien-aimé, en souriant, et devant un public sidéré, les remontrances les plus humiliantes ? À l'évidence, ces vexations seraient très dommageables pour leurs organismes s'ils ne compensaient pas leurs aigreurs par la jouissance d'écraser leurs subalternes. Si bien que le théorème paradoxal précédemment cité peut être complété par un corollaire, lui aussi toujours constaté : plus on est prêt à tout pour rester haut, plus on écrase les petits.

C'est alors qu'intervient un personnage, convoqué par cette langue française dont on ne pourra jamais assez louer la pertinence. Bienvenue à la couleuvre ! Profitant de sa faiblesse (elle est dépourvue de la moindre glande à venin), on lui fait jouer le mauvais rôle, celui du mauvais aliment, une nourriture ingurgitée de force, sans qu'on ait la possibilité ou la volonté de la refuser.

Ajoutons que cette gastronomie de couleuvres n'est pas réservée à la politique ni à l'entreprise. Rappelez-vous vos amours. Lequel, laquelle d'entre nous n'a pas accepté de l'être aimé plus, beaucoup plus qu'il ou elle ne croyait pouvoir supporter. Écoutez Mme de Sévigné : « Je lui dis tous les jours que le goût qu'il a pris pour elle soit bien extrême, puisque ce goût lui fait avaler, et l'été et l'hiver, toutes sortes de couleuvres. »

Vous comprendrez pourquoi, élevé dans le culte de la cuisine puisque petit-fils de Colette Revol (une Lyonnaise pur jus), votre narrateur prépare, depuis des années, une *Gastronomie des couleuvres*. Pour le plaisir et l'éducation de ses lecteurs, cet ouvrage de référence complétera heureusement son *Dictionnaire amoureux de la flatterie* (à paraître).

Puisque, je le sais, vous aimez les exemples, voici Canal +.

Après des décennies glacées de censures audiovisuelles, cette chaîne parut dans le paysage comme une île enchantée, un laboratoire d'invention permanente. Votre narrateur, un temps conseiller culturel de François Mitterrand, avait participé activement à la création de cette oasis. Plus tard, auteur de quelques ouvrages improbables, j'ai souvent participé à l'émission culte, « Nulle part ailleurs », la bien nommée. Philippe Gildas, Antoine de Caunes, José Garcia, Albert Algoud, Jérôme Bonaldi. Alors, je peux vous l'assurer : il n'a pas VRAIMENT vécu, celui qui n'a pas connu la délicieuse angoisse, l'excitante certitude qu'à CHAQUE seconde, deux heures durant, TOUT peut arriver, jusqu'à la destruction totale du décor en direct pour conclure une bataille générale de pistolets à confettis. Hélas l'Ogre, un beau jour, a planté ses crocs dans cette merveille. Et rejeté, comme on recrache les arêtes, toutes celles et tous ceux qui en faisaient l'insolence, donc la force.

Pourquoi s'embarrasser de journalistes ? Figurez-vous que, parfois, ils font leur métier, qui est de chercher la vérité, et pour ce faire, ils *enquêtent. Enquêter, fouiner, indaguer.* Oh, les vilains mots ! Oh, comme ils ouvrent la porte à de bien vilaines odeurs ! Oh, l'insupportable curiosité qu'ils supposent ! Mieux, tellement mieux valent les *chroniqueurs* ! Personne n'est plus dompté que ces gens-là, de vrais-faux insolents ! À la moindre esquisse de question gênante, hop, virés. Il a suffi d'un coup de téléphone. Bien sûr, Président ! Justement, Président, j'allais vous le proposer !

Depuis, regardez son dirigeant ! Nul besoin de s'abonner ! Facile de décrypter son sourire !

D'après certains amis du narrateur, spécialistes du visage à l'hôpital de La Pitié-Salpêtrière, cette crispation du faciès est l'expression même du syndrome précédemment décrit, typique de la maladie qui affecte 77,74 % des collaborateurs d'un ogre : émerveillement enfantin d'occuper un tel poste, crispation de l'estomac du fait de la terreur permanente d'être viré, soumission totale envers celui à qui l'on doit tout, morgue vis-à-vis de tous les autres, incapables de monter à de telles altitudes, donc de réussir leurs vies.

XLI

OÙ IL EST PROUVÉ QU'ON PEUT FAIRE JOUIR UN PROCHE PAR CERTAINE RÉGION DÉDAIGNÉE : SON OREILLE

Pauvres corps déformés par tant de métiers ! Dos cassés par des années et des années de charges trop lourdes, poumons rongés par un air toxique, vision détruite par huit heures d'écran quotidiennes... D'ailleurs la langue française n'a-t-elle pas inventé cette expression, *un corps de métier* ? Savez-vous que, pour reconnaître la *pénibilité* d'un travail, la loi prévoit la consultation d'une commission de médecins et de psychologues spécialisés dans le ravage des organismes. Sans beaucoup d'imagination, on les a baptisés *usurologues.*

Même si ogre n'est pas une profession officiellement reconnue, on distingue facilement les membres de cette corporation particulière à leur taille, généralement haute, à leur embonpoint, démesuré, à leurs dents, acérées, mais qui prête attention à leurs doigts ? Si vous croisez un jour notre Breton, regardez, discrètement, l'index et le pouce de sa main droite. Vous constaterez sur le premier une sorte de cal, une excroissance, à hauteur des deuxième et troisième phalanges, et sur le second un creux dans la pulpe, indiquant l'habitude répétée d'appuyer fort sur quelque chose.

À quelle pratique professionnelle cette déformation peut-elle correspondre ? Les vidéos tirées de certaines fêtes du Groupe lèvent le mystère. On y voit le patron tenant, par le lobe de l'oreille, l'un de ses collaborateurs et on l'entend, sous les rires, renouveler son affection : cher Arnaud (ou cher Maxime, ou chère Delphine), toi au moins, hein, tu fais ce qu'on te dit de faire, tu sais que c'est pour ça que je t'aime (rires renouvelés, applaudissements serviles, visages crispés).

La science, hélas, ne permet pas, encore, de suivre le signal électrique partant de ces deux doigts pinceurs, ni la répercussion de cet influx sur le cerveau.

Gardons confiance ! Grâce à nos chercheurs, nous saurons un jour identifier *le parcours de la récompense*, les mécanismes complexes qui métabolisent en jouissance l'humiliation publique d'un être humain par ailleurs son subalterne, son *soumis.* Vous me direz que ces petites cérémonies sont fréquentes et, me dit-on, fort appréciées, dans certaines tribus qualifiées de sadomasochistes par les puritains. Est-ce à dire que l'économie moderne n'est que l'extension des violences en usage dans quelques donjons aménagés ?

J'entendais déjà, surgis de leur boîte, les avocats de l'Ogre, les rottweilers de sa « cellule de riposte ».

— Nous (car toujours les robes noires emploient ce pronom collectif), nous sommes la Grande Armée de notre Président ! Avez-vous oublié qu'ainsi l'Empereur saluait ses grognards. Lesquels, bien loin de protester, considéraient comme une Légion d'honneur cette caresse à l'oreille, tendre et virile ? Décidément, narrateur inculte (pléonasme), vous avez un souci avec la Grandeur, comme le prouvent vos misérables écrits ricaneurs, une incapacité à penser la moindre des légendes.

Votre narrateur avala le compliment, hocha la tête et sagement se tut. D'expérience il savait qu'on ne l'emporte sur des avocats ni par les mots ni par le droit. Et il poursuivit sa mission qui était de raconter. Une activité qui laisse des loisirs et, quoi qu'on en dise, n'empêche pas de réfléchir. Au fond, quelle est la *vraie nourriture* d'un ogre ? La chair fraîche, le corps de ses victimes, ou leur humanité, leur singularité, leur dignité, en d'autres termes, leur âme ?

XLII

OÙ LES ROTTWEILERS PRÉPARENT LA CONTRE-ATTAQUE DE L'OGRE

Ce matin-là, retardé par une autre occupation (le contrôle annuel de ses grains de beauté par Serge, son dermatologue), votre narrateur n'arriva que vers onze heures au poste de guet. Contrairement à son habitude, Mercédès ne lui souhaita même pas la bienvenue de ce petit bisou désespérant de l'amitié amoureuse, smack, smack sur les deux joues. Cette fois, elle ne releva pas la tête. L'œil droit collé sur la longue-vue Victory, une scène d'une particulière importance devait mobiliser l'entièreté de son attention. Elle murmurait :

— Les rottweilers, les rottweilers...

— Pardon ?

— Les rottweilers, j'en compte un, deux, voilà une troisième qui arrive, oh mais je la reconnais, c'est Angèle, la plus redoutable du cabinet J, une tueuse !

— Mais enfin, de qui parlez-vous ?

— L'Ogre a réuni ses avocats, sa cellule de riposte, comme ils s'appellent. Ils ont dû avoir vent de votre projet d'écriture. Quelque chose me dit qu'ils sont en train d'envisager tous les moyens d'empêcher sa publication. Quand je dis TOUS, c'est TOUS. Fiscalement, vous êtes bien clair ? Pas de comptes offshore ?

— Non ! Enfin, il me semble.

— Et soyez franc avec moi, Erik. Quels sites consultez-vous ? Rien de pédophile, au moins ?

Votre narrateur haussa les épaules :

— De temps en temps, un peu de bonne vieille pornographie des familles, et puis Libertic, pour me rappeler le bon vieux temps, certains de mes étés échangistes des années 1980, début 90...

— Je vous en prie ! L'affaire est sérieuse ! Ils vont ressortir des images. Ou des témoignages. Selon lesquels vous auriez forcé une épouse, ou pire, une mineure.

— Vous pouvez être rassurée : les enfants, JAMAIS. Je suis même l'un des seuls de ma génération soixante-huitarde à n'avoir jamais, vous m'entendez ?, jamais été visité par ce genre de désirs. Avant, disons, trente-cinq, quarante ans, une femme n'existe pas pour moi, et c'était pareil quand j'étais jeune. Vous savez ce que dit Shakespeare ? Relisez *Antoine et Cléopâtre.* Les années rendent une femme *plus diverse* : « *her infinite variety* ».

— Heureux de l'entendre dire ! Mais inventer ne leur fait pas peur. Ils sont capables de tout. Payer une mère pour qu'elle vous dénonce. Comme vous imaginez, ils entretiennent une meute de hackers. Des petits princes du copier-coller, les faussaires de la nouvelle génération, les cybergangsters. Autre chose : vous êtes sûr de votre éditeur ?

— Que voulez-vous dire ?

— Il a VRAIMENT pris l'engagement ferme de publier votre livre, je veux dire ce pamphlet-là ?

— Oui ! Enfin, je crois.

— Vous voyez l'un des rottweilers, là-bas, au téléphone, avec son sourire fourbe ? Puisque, m'avez-vous affirmé, vous savez lire sur les lèvres, c'est le moment.

Je m'exécutai :

— « Bien sûr, cher monsieur, vous êtes libre de votre décision. Tout à fait libre. Cette liberté est tout à votre honneur. Que serait la France sans la liberté de la culture ? Je peux cependant vous poser une dernière question : votre gros actionnaire, il est informé ? Même s'ils ne s'apprécient guère, mon client et lui se respectent. Vous savez, entre grosses bêtes, je veux dire entre grandes fortunes, on a beau montrer les dents de temps à autre, on s'entraide, on se sait solidaires. Alors, c'est vous qui le prévenez de cette publication pour le moins... inamicale ? Vous préférez que notre cabinet s'en charge ? Non, non, ne nous remerciez pas ! Parmi toutes les valeurs dont notre pays a besoin, la transparence est l'une des principales, vous ne pensez pas ? Allez, cher monsieur, bonne journée, désolé de vous avoir pris du temps ! Et encore merci, ma femme adore les livres que vous publiez, surtout les romans d'amour ! Et bravo pour votre dernier Prix Nobel, comment s'appelle-t-il ? Ah oui, Annie Ernaux. »

XLIII

OÙ, RÉSISTANT AUX ATTENTES DE SON PUBLIC ADORÉ, VOTRE NARRATEUR GARDE POUR LUI CERTAINS SECRETS POURTANT CROUSTILLANTS

Je le sais bien. Depuis tout ce temps, lectrice, lecteur, que nous passons parfois un peu de temps ensemble, je vous connais. Je vous vois fébrilement feuilleter les dernières pages de ce petit conte. Vous savez qu'il approche de sa fin. Et je vous entends marmonner des jurons incompréhensibles. Une affreuse grimace tord votre beau visage. En d'autres termes, vous faites le museau. Peut-être n'oserez-vous pas me l'avouer dans ces librairies où nous nous rencontrerons ? Mais vous êtes déçu, déçue, et le mot est faible, plutôt furieux, furieuse, prêt, prête même à crier REMBOURSEZ ! sur l'air des lanternes.

Désolé ! Malgré l'affection que j'ai pour vous, rien, vous m'entendez ?, sur la vie privée de notre personnage, je ne dirai RIEN. Je ne puis à la fois, *en même temps*, pour reprendre l'expression à la mode, dénoncer une emprise et participer à une invasion. Sachez que, pour votre narrateur (ancien enfant de chœur), la vie privée est aussi SACRÉE que le secret de la confession.

Et puis, franchement, devenir fou de la sœur de sa

femme, qui, de bonne foi, même catholique, pourrait le reprocher à l'Ogre ? N'a-t-il pas ce faisant prouvé, de la manière la plus tangible, en offrant son corps, qu'il restait fidèle à la première de ses valeurs, celle qui éclaire et anime toute son action : *l'esprit de famille* ?

XLIV

OÙ L'OGRE SE DEMANDE S'IL N'A PAS TROUVÉ PLUS OGRESQUE QUE LUI

Entre un homme vieillissant, héritier type, hobereau du Grand Ouest et un jeune génie des plateaux télévisuels, qui pouvait prévoir une telle entente ? Laissons leurs mystères aux logiques de l'attirance, amoureuse ou amicale. Que gagnerions-nous à connaître l'exacte part du gratuit et de l'intéressé ? Le fait est là : ces deux extrêmes de l'espèce humaine s'aimaient bien.

La première fois qu'il fut invité dans le Saint des saints, à savoir le moulin familial, l'Animateur ne voulut pas y croire. Pas plus, d'ailleurs, que la parentèle de l'Ogre : décidément, notre père, neveu ou oncle convie n'importe qui chez nous, même les trublions mal élevés !

Mais, au fur et à mesure que grimpaient ses audiences, l'Animateur revenait plus souvent. Comment ne pas relier ces deux grandeurs : le nombre des téléspectateurs (bientôt plus d'un million chaque soir) et la fréquence des appels d'une secrétaire, LA secrétaire, je veux dire l'Assistante particulière de l'Ogre, avec des marques d'estime qui ne trompaient pas : « Le président vous retient à coucher, seriez-vous libre ? », « Le Président vous propose son avion, vous verrez, un Falcon 6X, bien plus confortable qu'un Airbus de ligne, je réponds oui ? ».

Une fois en Bretagne, les deux hommes s'en allaient cheminer le long de l'Odet, ce petit fleuve sensible aux marées, grâce à la vigueur duquel tant de papier avait pu être fabriqué.

Le thème de leurs conversations ne variait guère : l'Émission, leur émission chérie. Ce miracle de télévision, ce diamant, ce Koh-i Nor des médias, ce chef-d'œuvre, la quintessence du petit écran complétée par une tire-lire à n'y pas croire : tu réunis une bande de copains et tu filmes leur conversation de bistro. Aucune préparation, aucun budget, pas même besoin de payer à boire, l'ivresse de passer à l'écran remplit les verres. Et ça marche ! Grâce à qui ?

L'Animateur communiquait les derniers chiffres, de plus en plus hauts. Rien de tel qu'un flux continu de bonnes nouvelles pour entretenir l'amitié. Au début, l'Ogre avait osé, de temps à autre, certains conseils de modération. Cette phase de prudence était depuis longtemps dépassée et les deux compères en riaient encore. Régulièrement, un dérapage de l'Animateur tirait de son sommeil la Haute Autorité chargée de veiller sur la morale des médias. Elle faisait les gros yeux, tançait la chaîne, c'est pas bien d'insulter un député !, c'est encore moins bien de condamner sans procès. Mais très vite la Haute Autorité se rendormait. L'audience en avait profité pour accélérer sa montée. Tandis que, chaque fois, déclinait encore un peu plus dans le pays le respect des institutions. Pourquoi respecterais-je le Parlement si l'on peut impunément traiter de nase, de tocard, et de merde l'un de ses représentants ? Pourquoi respecterais-je la Justice, la lenteur et l'application des juges, si l'on peut déclarer, sous les applaudissements, qu'un meurtre, même particulièrement odieux, doit se conclure par « la perpétuité, direct », après « un jugement rapide » ? Que pèse une République face à l'Audimat couplé aux réseaux sociaux ? D'ailleurs, les parlementaires avaient bien compris les rapports de force dans le monde d'aujourd'hui. Qu'importent les humiliations, ils se pressaient dès le lendemain de l'injure pour revenir parader sous les sunlights.

Décidément, qu'elle était exquise, et que de joies elle apportait, cette promenade bretonne rituelle !

— Au fond, nous sommes pareils, vous et moi, nous sommes des ogres, nous faisons ventre de tout.

— Il y a quand même des moments où je me demande si je ne t'ai pas acheté trop cher. Deux cent cinquante millions sur cinq ans, ce n'est pas rien !

— Imaginez si j'étais passé à la concurrence avec armes, bagages et génie de l'audience...

— Pardon ! Je m'égarais ! Tu as raison.

— Quelle équipe nous formons ! *Bad cop, good cop*. Le méchant milliardaire et le gentil populaire, ça rime. Et la foule de tous ces crétins n'a pas besoin de comprendre que nous sommes alliés, larrons en foire, à la vie, à la mort !

Un jour, lors de leur cheminement le long de l'Odet, une réflexion particulièrement sagace vint à l'Animateur :

— Vous savez quoi, président ? Avec moi, vous avez trouvé un nouveau moulin.

— Pardon ?

— Si j'ai bien compris, votre moulin utilisait la force de la rivière pour fabriquer du papier, bien plus rentable que la farine.

— Tu as bien compris. Ce qui ne m'étonne pas de toi.

— En fait, je poursuis la tradition familiale : moi aussi, chaque soir, je mouline. Je change en opinion le fleuve de l'actualité. Je suis devenu le porte-parole du Peuple.

Ce dimanche-là, l'Ogre regarda son jeune ami avec un certain effroi.

Ils continuèrent de marcher, mais sans plus se parler, chacun perdu dans ses pensées.

De même que le pouvoir corrompt, et que le pouvoir absolu corrompt absolument, la télévision rend fou, et la télévision absolue rend fou absolument. Comment l'animateur devenu le plus célèbre de France n'aurait-il pas perdu la raison ?

— En ce moment, sois franc avec moi, tu penses à ce que je crois que tu penses ?

— Me présenter à la présidence de notre République si malade ?

— Comme d'habitude tu as vite compris : c'est exactement ce que je pensais que tu pensais.

— Eh bien, vous aviez raison de le penser.

Puisque cet Animateur se prenait pour le *peuple*, autant se mettre à son service, non ?

Après tout, avant d'accéder à la magistrature suprême de

leurs pays respectifs, Ronald Reagan et Volodymyr Zelensky n'avaient-ils pas exercé le métier d'*acteurs* ?

Le lendemain, après avoir, nouvel insigne honneur, accompagné à l'aéroport son protégé, l'Ogre, on peut l'imaginer, est envahi par toutes sortes de sentiments désagréables, parmi lesquels la jalousie n'est pas le pire.

Il demande à son chauffeur d'arrêter la voiture à la sortie de Pluguffan, juste le temps de voir décoller l'avion, son jouet préféré, le Falcon 6X. Venus du sud-ouest, à leur habitude, les nuages s'accumulent. Un front se prépare, les vents forts ne vont plus tarder. Mais l'air sent encore le miel, le parfum un peu sucré des genêts en fleur.

L'Ogre repense à sa vie d'ogre, depuis son premier petit repas rochelais jusqu'à ce morceau de roi, Hachette, arraché à la convoitise de bien plus riches que lui. Franchement, bien joué, mon garçon ! Mais cette satisfaction ne dure pas. Son sourire s'en est allé, aussitôt apparu. Une odieuse petite voix, en lui, l'a effacé.

Et si, lui suggère cette odieuse petite voix, ta créature t'avait échappé ? Au fond, qu'auras-tu dévoré, tout au long de ta vie, en y mobilisant l'entièreté de ta folle énergie et ton génie des poulies ? Cette maison d'édition légendaire, une flopée de médias, une banque et d'innombrables confettis. Mais rien que des fragments, si l'on y pense ! Des bribes de France. Alors que ton petit Animateur, si ça se trouve, il va rafler la mise entière, la totalité du royaume de Saint Louis, Napoléon et de Gaulle, et un logement à l'Élysée. Tout cela grâce à LA télévision, TA télévision. Décidément, tu avais bien raison de te méfier de la modernité : c'est un poison. Et pour les siècles des siècles, tu porteras devant la longue lignée de tes ancêtres la responsabilité d'avoir ouvert la porte à cette vulgarité.

Par le rétroviseur, le chauffeur regarde son employeur.

— Patron, je m'inquiète. Vous êtes tout pâle ! Quelque chose ne va pas ?

— Ce doit être le Ruinart d'hier. Méfiez-vous des bulles, mon petit Robert ! Et si je puis me permettre un conseil, n'oubliez pas ! Les bulles dans le rosé, c'est meurtrier pour l'estomac. Et maintenant, rentrons vite avant la pluie !

XLV

OÙ, POUR CÉLÉBRER SA NAISSANCE, VOILÀ TOUT JUSTE QUATRE CENTS ANS, UN HOMMAGE EST RENDU À MOLIÈRE

Le rêve qui vint visiter l'Ogre cette nuit-là commença par le spectacle d'une fête. Une fête digne du Versailles de Louis XIV. D'ailleurs, à bien y regarder, la ressemblance était frappante. L'Ogre avait dû profiter de l'obscurité pour se métamorphoser en roi, et c'était bien lui, l'enfant du moulin quimpérois, lui qui rayonnait de bonheur, ainsi qu'il est d'usage pour tout Soleil digne de ce nom, lui qu'une foule de courtisans noyait sous les compliments, les promesses de fidélité, les offres de collaboration.

Dans la galerie des Glaces, le champagne le plus cher (Dom Ruinart rosé 2004) coulait à flots, et pas seulement dans les gorges (certains décolletés en recevaient leur part) ; à peine engloutis, les bols de Sevruga étaient remplacés par d'autres, tout aussi luisants et débordants.

Un maître de cérémonie, perruqué et poudré, très XVIIe siècle, suggéra de gagner la terrasse d'où, Président, vous pourrez mieux voir.

Là-bas, entre les fontaines, une folle agitation régnait.

Ça allait, venait, transportait, courait dans tous les sens, ça criait, s'engueulait, pleurait, s'embrassait.

Le maître de cérémonie se désolait :

— Pardon, Président ! Pour votre anniversaire, nous voulions vous offrir une surprise ! Mais vous connaissez les artistes, rien de moins fiable que ces gens-là ! ils ont pris du retard.

— Quelle sorte de surprise ?

— Une présentation de votre Œuvre, dans un lieu à sa taille, donc ici même, à Versailles !

L'Ogre haussa les épaules.

— C'est trop gentil, mais fallait pas, vous avez du temps à perdre.

Brusquement, il leva un doigt.

— Là-bas, je n'ai pas la berlue, que vient faire ici ce troupeau de moutons ? Ils font partie du spectacle ?

Dans le rêve, le maître de cérémonie s'écartait pour laisser la place à quelqu'un que l'Ogre connaissait bien, son plus proche collaborateur, son bras droit et confident.

— Voyons, Président, vous ne les reconnaissez pas ? Mais ce sont vos artistes, les chanteurs, les musiciens, les écrivains, écrivaines de toutes vos maisons.

— Pardon, mais... toutes ces bêtes... pourquoi les avoir peinturlurées de bleu-blanc-rouge ?

— Alors là, Président, excusez, mais je ne vous comprends pas ! S'ils ont rejoint votre Groupe, c'est qu'ils sont patriotes. Comme vous, comme nous. Alors, qu'ils assument ! D'ailleurs, tous les autres nous ont quittés, en pleine liberté.

— J'entends mal, mes moutons bêlent quelque chose, non ?

— Vive la France ! Y compris en breton, *Brevet Frans, Brevet Frans !* On a beau dire, ça fait chaud au cœur, le retour aux vraies valeurs, en ces temps où se succèdent sur notre pays des vagues d'envahisseurs basanés !

— Et ceux-là ? On dirait des maquilleurs, avec leurs sacs ouverts débordant de poudres et d'onguents, ou des habilleurs, ou des coiffeurs.

— Ce sont vos journalistes, Président ! Radios, télés, réseaux sociaux. Il n'y a pas plus serviable depuis quelque temps, puisque nous nous sommes débarrassés des indociles ! Croyez-moi, ils ont bien compris leur seule raison d'être : assurer le plus de ventes possible à chacun, chacune de vos créateurs, créatrices. Un contrat chez nous, c'est le service complet. Éloges garantis dans tous les médias que nous contrôlons : radios, télés, réseaux. À quoi servirait un critique qui dirait du mal de l'un des nôtres ? Chez nous, aucun risque ! Ne sont agressés que nos rivaux, ces imbéciles des sociétés concurrentes.

— Et ces jeunes femmes assises en cercle ?

— Ce sont vos scénaristes, Président. Elles fabriquent à la chaîne des séries tirées des histoires proposées par vos auteurs et autrices ! Comme vous le remarquez, elles appartiennent à toutes les communautés ! Personne ne pourra nous reprocher notre manque de biodiversité ! *(Rires.)*

— Nécessaire, étant donné le climat actuel !

— Autre avantage, nous ne nous privons d'aucun marché. Même pas les transgenres. *(Gros clin d'œil.)*

— Bravo, mon cher. Toujours aussi scrupuleux ! Personne ne sait comme vous appliquer les résolutions de notre conseil stratégique ! Et ces messieurs qui tètent leurs gros cigares, sans crainte de nous empester ?

— Un peu caricaturaux, nous sommes d'accord, j'en ai fait la remarque au metteur en scène, mais essentiels ! Nos partenaires et amis, les producteurs américains. Vive les circuits courts : de la ferme à l'assiette, c'est nous ! De la toute première ébauche d'une très improbable idée au succès planétaire labellisé Netflix.

— Et cet essaim de robes noires ?

— Nous avons pensé juste de rendre aussi hommage à vos avocats. On ne peut pas dire qu'ils chôment ! Toujours à vous défendre contre la double armée, sans cesse renaissante, des jaloux et des aigris ! Heureusement que, grâce à eux, le droit nous protège ! Vous savez que tout le monde nous envie notre cellule de riposte : des tueurs, ceux-là, surtout les filles !

— Très bien, très bien, acquiesçait l'Ogre en cadence.

Un peu à l'écart, côté sud, vers la pièce d'eau des Suisses, un chœur de femmes répétait. De leur chant quelque peu wagneroïde, convaincu mais légèrement chaotique, un mot surnageait, sans cesse repris, avec toujours plus d'énergie, le mot d'ordre du Groupe, la raison d'être de quarante années d'extension frénétique : SYNERGIE, SYNERGIE !

Devant le château, des machinistes déroulaient le fond du décor, une toile immense où l'on pouvait reconnaître un petit moulin, un paquet de cigarettes (pour évoquer, bien sûr, les débuts du Groupe, le fameux papier tout fin pour envelopper le tabac), l'avant-port d'Abidjan, le portrait de l'éditeur Louis Hachette, l'immeuble de la chaîne cryptée Canal +, le logo de la société Vivendi (*Creation unlimited*), la couverture géante d'un livre best-seller (*La France n'a pas dit son dernier mot*), le chef-d'œuvre de l'écrivain le plus apprécié du Président.

L'Ogre avait beau jouer l'impassible, on pouvait facilement déduire de ses sourires qu'au spectacle de ses conquêtes successives, et constatant l'ampleur, la logique de son ambition de toute une vie, il ronronnait intérieurement. Une bonne humeur partagée par tous les collaborateurs invités de la fête : Noël approchait. À l'évidence personne ne serait déçu par sa prime de fin d'année !

Ainsi, cette nuit-là, rêvait notre ami breton, sous le regard approbateur du Très-Haut et dans la paisible béatitude de la mission accomplie. Qui aurait pu imaginer que soudain ce songe vire au cauchemar, à l'instant même où 3 h 7 s'affichaient sur l'horloge électrique du chevet présidentiel ?

— Mais dites-moi, ce personnage d'une autre époque, coiffé d'un immense chapeau, oui, là-bas, celui qui crie le plus et gesticule, ne serait-ce pas... ?

— C'est bien lui ! Bravo, Président, vous avez l'œil ! Jean-Baptiste Poquelin, dit Molière. Nous avons profité du quadricentenaire de sa naissance pour le ressusciter un peu. Il a sauté sur l'occasion ! La scène lui manquait trop. Et justement, nous hésitions sur le titre de cette petite comédie-ballet que nous voulions vous offrir. Nous voulions votre avis. Comme vous savez, tout le monde craint vos colères ! Nous avons pensé à *L'ogre et les nécrophages.* Ou, peut-être mieux, plus explicite, plus en adéquation avec votre parcours comme avec l'œuvre de notre Molière, *Le squatteur gentilhomme.* Qu'en pensez-vous, franchement, Président ?

Un grand silence glacé tomba sur Versailles.

L'Ogre porta son regard jusqu'à l'horizon. En lieu et place de ce long reflet de nuages, ce trait de ciel sur la terre appelé Grand Canal, il ne vit qu'une coulée grise, la rivière de l'argent, la preuve qu'il avale tout et change tout en désert, le sable gris de l'Équivalent général.

Alors une interrogation vint au rêveur. Il ne faut pas prendre les ogres pour des imbéciles, surtout si leur intérêt se trouve menacé. Le remords, jamais ! Ni le regret ! Mais il peut arriver qu'une terreur les visite, celle de l'ennui.

Que me restera-t-il, se demanda l'Ogre, lorsque j'aurai tout avalé ? Vais-je vraiment supporter de passer le reste de mon âge en seule compagnie de moutons tricolores et de journalistes aveugles et sourds ? Cette France-là, mon oncle, ce héros, aurait-il donné sa vie pour la libérer ?

C'est alors que le rêve dérailla. Comme la copie d'un film qui saute dans un vieux cinéma, comme une pellicule qui soudain se met à brûler. Le visage de l'Ogre-Roi-Soleil commença par se friper, puis se tordre, à l'image des portraits de Francis Bacon. Et de ses lèvres déformées on entendit surgir cette phrase ahurissante :

— Et si je m'étais trompé ?

Comme on s'en doute, l'organisme du rêveur supporta mal cette interrogation.

Depuis l'enfance, la machinerie de son corps n'avait fonctionné que sur le socle de la certitude : par définition, confirmée par la génétique, financée par l'héritage et bénie par l'évêque de Quimper, toute décision du petit prince du Moulin, neveu du Héros, ne pouvait être que la meilleure, la meilleure pour le Groupe comme pour cette fille aînée de l'Église que certains incroyants préfèrent appeler la France.

À peine eut-il envisagé l'iconoclaste hypothèse d'une sienne erreur, l'Ogre se réveilla, en sursaut. Le souffle lui manquait. Sa poitrine le serra, ses viscères le lâchèrent. Appelé en urgence, le tout jeune médecin du SMUR ne prescrivit rien d'autre que du calme, et peut-être, si je puis me permettre, un petit accompagnement psychologique, je vous recommande quelqu'un tout près, au 4 venelle de Kergos. Comme on pouvait s'y attendre le gamin à stéthoscope fut chassé du domaine un grand coup de pied au cul. Rassurons-nous : étant d'origine syrienne, il ne fut guère traumatisé par ce traitement. Dans son beau pays, on souffre bien pire chaque semaine. Ajoutons aussi, pour être juste envers les mœurs bretonnes, que le majordome de l'Ogre, tout en lui heurtant le séant, lui glissait dans la poche droite de sa blouse blanche pas moins de six billets jaunâtres de chacun cinquante euros.

Et le moulin familial reprit sa vie coulante, sonnante et trébuchante.

ÉPILOGUES

Où le narrateur tire sa révérence et présente ses vœux de bonheur à ses personnages préférés

Le narrateur vous salue. Il est temps pour lui de « confier le soin à d'autres », selon la belle expression en cours dans la marine marchande lorsque l'heure est venue de passer la barre de votre bateau. De bien plus jeunes écrivains, écrivaines raconteront, peut-être, des aventures d'autres ogres, et de ces nécrophages qui, moyennant larges finances, pourvoient ces ogres en grasses nourritures quotidiennes. Qui peut savoir si ces récits un peu techniques intéresseront les générations à venir ?

Pour achever ma triste promenade, je m'en suis allé en pèlerinage rue François-Ier, saluer l'ancien siège d'Europe numéro 1. C'est elle qui, par l'oreille, m'avait ouvert les yeux sur le monde. Le premier pas sur la Lune, la guerre des Six-Jours, Mai 1968, « Salut les copains »... Combien de temps de ma vie aurai-je passé tête collée contre mon transistor ? Merci à cette radio qui me fut si proche et si bon prof de réel.

Mais ne laissons pas finir ce petit conte dans la mélancolie ! Apprenez qu'au Muséum d'histoire naturelle, les travaux de la Ménagerie sont désormais achevés. Et que les cages attribuées aux carnassiers humains (Poutine, Elon Musk, Jeff Bezos, Barbe-Bleue, Gilles de Rais) attirent un public beaucoup plus nombreux et ravi que celles qui abritent leurs confrères, tous d'élevage, désormais, et si fatigués, lions, tigres et autres hyènes.

Hommage à la sagesse tibétaine

Vous l'avez reconnu ?

C'est bien lui, rétréci par l'âge. Comme nous tous. Qui peut se croire épargné par les années ?

Tous les matins que Dieu fait, même s'il pleut, Youssouf vient le chercher à la Villa M. On installe le vieil homme dans son fauteuil roulant, le plus beau de sa catégorie, Sunrise Quickie Life. Et ensemble, l'un poussant l'autre, ils s'en vont pour leur promenade rituelle, d'abord le champ de courses d'Auteuil. Puis Roland-Garros. L'idée de ce parcours vient de l'ORL. Au lieu d'acouphènes, Président, vous entendrez des applaudissements.

Youssouf est un géant, d'origine sénégalaise. Après des années de basket-ball dans la glorieuse équipe de son pays, il s'est reconverti dans l'aide à la personne. Pas plus doux que ce double mètre ! L'ex-basketteur et l'Ogre se racontent leurs vies, l'un ses paniers, l'autre ses repas, comment il a dévoré ses proies, l'une après l'autre.

Par autorisation spéciale, ils peuvent gagner le Central, le court Philippe-Chatrier, désert à cette époque de l'année. Pourquoi le Président ne peut-il détacher ses yeux de cette terre battue qu'aucune ligne blanche ne vient encore dessiner ? Parfois, un peu plus loin dans les tribunes, un autre fauteuil s'avance. Nadal, murmure Youssouf. Le Président hoche la tête. « Il a voulu jouer trop longtemps, ses jambes l'ont lâché. »

Sa maladie à lui, ses médecins l'ont qualifiée d'« orpheline ». C'est leur mot, quand ils ne savent pas. Une sorte d'autocannibalisme. En d'autres termes, lorsque le Président, le 1er avril 2022, jour de ses soixante-dix ans, a transmis le Groupe à ses enfants, lorsqu'il s'est retrouvé seul et surtout sans plus rien à dévorer, il s'est rongé lui-même. Ce type de trouble est bien connu dans la gent animale. Le grillon à queue courte, par exemple, n'a rien trouvé de mieux, pour tuer le temps entre deux invasions, que de dévorer ses propres ailes. Un dentier, on peut le retirer. Mais des incisives et des molaires *toutes naturelles* ? Qui leur reprochera de continuer leur travail ? Un jour, il ne restera plus rien de lui. Le sait-il ? S'il le sait, l'accepte-t-il ?

Il est arrivé récemment que deux joggers le reconnaissent, un garçon, une fille, vingt-cinq ans chacun, portant des tee-shirts de l'École supérieure de commerce de Paris. Ils se sont arrêtés net, approchés, timidement :

— On voulait vous dire...

— Surtout sans vous déranger...

— Oui, Mathilde et moi, nous voulions vous remercier pour cette annonce d'hier...

— Notre professeur nous en a parlé...

— La relance des investissements de votre Groupe dans les batteries...

— Merci pour les voitures électriques !

— Et pour notre génération !

— Nous allons déjà tellement souffrir du dérèglement climatique !

Ils ont salué et puis repris leur course.

Ce jour-là, quel gâchis, s'est dit Youssouf. Tant d'énergie, tant de talent ! Il aurait pu tellement, tellement mieux les employer ! Mais qui me croira si j'affirme que chaque matin, de la Villa Montmorency au bois de Boulogne, je pousse en plus d'un milliardaire une vie ratée ? Voilà pourquoi, sans doute, le Sunrise Quickie Life, notre fauteuil roulant, peine à franchir certains carrefours et, l'automne venu, s'embourbe volontiers dans le sable trop mou des allées.

Même s'il n'ignore rien de la vie antérieure de l'Ogre et de ses corruptions de monarques africains, l'ancien basketteur ne peut s'empêcher d'éprouver de la compassion pour ce squelette.

Je suis venu trop tard, se répète-t-il, j'aurais pu lui apprendre d'autres manières de se nourrir.

Pour de mystérieuses raisons, peut-être sa trop haute taille, le basketteur sénégalais se passionne pour le Toit du Monde.

Savez-vous que, d'après certaine légende à haut potentiel de véracité, les Tibétains étaient, au début des âges, des êtres non humains, mi-démons, mi-ogres ? Pour adoucir leur nature féroce, un bodhisattva, c'est-à-dire une divinité, se changea en singe, et s'installa dans une grotte parmi les montagnes. Une ogresse s'éprit de lui. Les Tibétains nouveaux sont issus de cette union. Il y a mieux. Quand un Tibétain veut désigner un homme particulièrement bon, il le qualifie de « vraiment humain », comme si notre espèce était loin d'avoir atteint le dernier degré de son évolution. Écoutez la suite ! Les mystiques tibétains, désireux d'en finir une fois pour toutes avec leurs origines ogresques, ont pour ambition de *ne se nourrir que d'air.* Vers ce sommet de l'ascèse, la voie est rude et consiste à se priver peu à peu de tous les aliments, d'abord la viande, mais bientôt aussi les légumes. Une nouvelle forme de *respiration* vous est alors offerte, qui sait capter dans l'atmosphère les principes actifs nécessaires à la vie. Autre avantage : vous atteignez une légèreté telle que, nul besoin de poulies, vous pouvez vous transporter sans effort aux quatre coins de l'espace. Ah, si les Bretons connaissaient mieux le Tibet !

MÉSAVENTURE DU PARADIS. Mélodie cubaine, photographies de Bernard Matussière, 1996.

PORTRAIT DU GULF STREAM, 2005.

Aux Éditions Stock

LA GRAMMAIRE EST UNE CHANSON DOUCE, 2001.

LES CHEVALIERS DU SUBJONCTIF, 2004.

DERNIÈRES NOUVELLES DES OISEAUX, illustrations de Santiago Morilla, 2005.

LA CHANSON DE CHARLES QUINT, 2008.

LA RÉVOLTE DES ACCENTS, 2008.

ET SI ON DANSAIT ?, 2009.

PRINCESSE HISTAMINE, illustrations d'Adrienne Barman, 2010.

SUR LA ROUTE DU PAPIER. Petit précis de mondialisation III, 2012.

LA FABRIQUE DES MOTS, 2013.

MALI, Ô MALI, 2014.

L'ORIGINE DE NOS AMOURS, 2016.

LA FONTAINE. Une école buissonnière, 2017.

VOYAGE AU PAYS DES BIBLIOTHÈQUES, avec Noël Corbin, 2019.

BEAUMARCHAIS. Un aventurier de la liberté, 2019.

LA PASSION DE LA FRATERNITÉ. Beethoven, 2021.

LES MOTS IMMIGRÉS, avec Bernard Cerquiglini, illustrations de François Maumont, 2022.

Chez d'autres éditeurs

VILLE D'EAUX, en collaboration avec Jean-Marc Terrasse, *Ramsay*, 1981.

ROCHEFORT ET LA CORDERIE ROYALE, photographies d'Eddie Kuligowski, *CNMHS*, 1995.

ENEZENN AL LAVAR, *Preder*, 2005.

KERDALO, LE JARDIN CONTINU, avec Isabelle et Thimothy Vaughan, photographies de Yann Monel, *Ulmer*, 2007.

COURRÈGES, *Éd. Xavier Barral*, 2008.

L'ENTREPRISE DES INDES, *Stock/Fayard*, 2010.

ATD QUART MONDE. Unis contre la misère, *La Martinière*, 2017.

DÉSIRS DE VILLES. Petit précis de mondialisation V, avec Nicolas Gilsoul, *Robert Laffont*, 2018.

LES VÉRITÉS FRAGILES, *Éditions de l'Aube*, 2018.

LA FABRIQUE DU NEUF, avec Stéphane Quéré, *Le Cherche Midi*, 2018.

COCHONS. VOYAGE AUX PAYS DU VIVANT. Petit précis de mondialisation VI, *Fayard/Stock*, 2020.

LA CHANSON DE L'EAU (Les harpes n'gombi), *Cambourakis*, 2023.

Composition : PCA
Achevé d'imprimer
sur Roto-Page
par l'Imprimerie Floch
à Mayenne, en janvier 2023.
Dépôt légal : février 2023.
Numéro d'imprimeur : 101895.

ISBN 978-2-07-301400-9 / Imprimé en France.

557730